KB113863

임영기 新무협 판타지 소설

FANTASTIC ORIENTAL HEROES

와룡봉추 3

임영기 新무협 판타지 소설

초판 1쇄 찍은 날 § 2019년 2월 15일
초판 1쇄 펴낸 날 § 2019년 2월 22일

지은이 § 임영기
펴낸이 § 서경석

총괄팀장 § 최하나
편집책임 § 김경민

펴낸곳 § 도서출판 청어람
등록번호 § 제387-1999-000006호
등록일자 § 1999. 5. 31
어람번호 § 제2-2773호

주소 § 경기도 부천시 부일로 483번길 40 서경B/D 3F (우) 14640
전화 § 032-656-4452 팩스 § 032-656-4453
http://www.chungeoram.com
E-mail § chungeorambook@daum.net

ⓒ 임영기, 2019

ISBN 979-11-04-91937-4 04810
ISBN 979-11-04-91921-3 (세트)

청어람
도서출판

3

와룡봉추

임영기 新무협 판타지 소설

FANTASTIC ORIENTAL HEROES

마흥 風活
와룡봉추

目次

第一章

혈영단(血影團)

만공상관은 한 시진이 아니라 일각도 기다리지 못해서 화운룡에게 물어보았다.

"누가 온다는 것이냐?"

화운룡은 감출 것 없다는 듯 선선히 대답했다.

"신영루 사람이 올 것이다."

"……"

"그들이 오면 당신이 백 궁주에게 판매한 신영진검이 진본인지 가짜인지 알 수 있을 거야. 그렇게 생각하지 않나?"

"……"

만공상판은 처음에는 움찔 놀랐다가 그다음에는 얼굴이 복잡하게 여러 차례 변했다. 그러는 동안 그는 벙어리처럼 아무 말도 하지 못했다.

신영루 사람들이 오다니, 만공상판으로서는 꿈속에서조차 상상하지 못했던 일이다.

화운룡 쪽 모든 사람이 자신을 주시하고 있다는 사실도 모르는 듯 만공상판은 한참이 지나서야 대꾸할 말을 겨우 찾아내는 데 성공했다.

"신영루는 삼백여 년 전에 멸문했는데 어떻게 신영루 사람이 존재한다는 말이냐?"

화운룡은 옥봉이 젓가락으로 집어 주는 잘 익은 고기 한 점을 입으로 받아먹고 우물우물 씹었다.

"신영루가 멸문했다고 누가 그러던가?"

"무림의 소문이 그렇다. 허튼수작 부리면 증명이고 뭐고 네놈 목을 베겠다."

탁!

화운룡은 술잔을 내려놓았다.

"삼백십칠 년 전에 신영루가 탈명부(奪命府)와의 싸움에서 쌍방이 치명적인 피해를 입은 채 십만대산(十萬大山)의 신영본루를 버리고 그 당시 분타였던 모처로 옮겨간 적은 있지만 멸문하지는 않았다."

"그것을……."

신영루에 얽힌 비사(祕史)는 무림에서 극소수만이 알고 있는 정도로 비밀이다.

그나마도 수박 겉핥기 정도로만 알고 있을 뿐이고 그 점에서는 만공상판도 예외가 아니다.

그런데 방금 화운룡은 신영루가 탈명부와 싸웠다는 것과 신영본루가 십만대산에 있었다는 것, 그리고 분타로 옮겼다는 것 등을 자세히 알고 있지 않은가. 무림에는 그것까지는 알려지지 않았다.

만공상판의 놀라움은 거기에서 그치지 않았다.

"당시 신영루주였던 사흔검(死痕劍)은 루의 인원을 대폭 줄여서 백 명만으로 명맥을 유지하기로 하고 무림에서의 활동을 계속하면서 방파의 이름을 바꾸었지."

"그게 뭐였지?"

화운룡은 짧게 말했다.

"혈영단(血影團)."

순간 좌중에 자욱한 고요가 깔렸다.

모두의 얼굴에는 경악이 떠올라 있지만 너무 놀란 나머지 탄성이나 신음 소리를 내는 것조차 잊어버렸다.

혈영단은 금세기 최강의 살수 조직이다. 무림에서는 혈영단을 단적으로 설명하는 말이 떠돌고 있다.

혈영단의 표적이 되는 자의 종말은 죽음뿐이다.

사실 신영루는 어둠 속으로 숨어들어 남은 인물들을 데리고 살수 조직으로 거듭났다.

살아남기 위한 방편이고 그것은 결국 성공했으며 삼백 년이상 명맥을 이어오고 있다.

그러나 그런 사실을 알고 있는 사람은 거의 없었다. 전 무림을 통틀어 다섯 손가락에 꼽을 정도다. 그것을 화운룡이 말하고 있었다.

화운룡은 술잔을 들고 태연하게 말했다.

"잠시 후에 혈영살수(血影殺手)가 와서 신영진검의 진위를 가려줄 것이다."

만공상판이 취급하는 무공들은 오랜 세월이 흘러 무림에서 실전(失傳)됐거나 멸문한 방파나 문파의 무공, 그리고 자신이 사기를 쳐서 긁어모은 현존하는 무공들이다.

그런데 만약 신영루가 혈영단으로 이름만 바뀌었을 뿐 버젓이 존재하고 있다면, 그들의 성명무공으로 장사를 한 만공상판은 목숨을 부지할 방법이 없게 된다.

만공상판은 입안이 바싹바싹 타들어갔다. 그가 제아무리 백무신의 한 명이라고 한들 일단 혈영단의 표적이 되면 살아

날 재간이 없다.

"누구 앞에서 사기를 치려는 게냐?"

그래서 그는 지금 일어나고 있는 이 일을 전면적으로 부인하기로 작정했다.

"더 이상 헛소리를 지껄이면 헛바닥부터 뽑아버리겠다!"

실제로 만공상판은 품속에서 자신의 성명무기인 주판, 즉 만공산자(萬功算子)를 꺼내며 당장에라도 죽일 듯이 화운룡을 노려보았다.

화운룡은 느긋히게 주위를 둘러보면서 닝링하게 외쳤다.

"왔으면 모습을 드러내는 것이 어떤가? 신영루가 모욕을 당하는 꼴을 계속 보고 싶은 것인가?"

그의 말에 중인은 움찔 놀라며 황급히 주위를 둘러보았다.

바로 그때 만공상판이 목에 커다란 가시가 걸린 듯한 소리를 내며 놀랐다.

"헉!"

그의 시선이 고정되어 있는 곳은 대전 한복판의 허공인데 지금 그곳에서 하나의 핏빛 무지개 같은 운무가 느릿하게 아래로 하강하고 있다.

그 즉시 모두의 시선이 그곳으로 집중되었다.

스으으……

핏빛 무지개는 한 덩이 구름처럼 느릿하게 하강하여 소리

없이 바닥에 내려앉았다.

그러고는 구름을 감싸고 있는 안개 같은 핏빛 무지개가 걷히고 그곳에 한 명의 혈의 복면인이 우뚝 서 있었다.

온몸을 핏빛의 혈의(血衣)로 감싸고 얼굴마저도 핏빛 복면으로 가린 그의 어깨에는 역시 핏빛의 한 자루 검을 메고 있으며 허리에는 또 다른 짧은 핏빛의 검을 차고 있었다.

중인은 지금껏 단 한 번도 극강의 살수 집단 혈영단의 혈영살수를 본 적이 없으나 혈의 복면인이 혈영살수일 것이라고 믿어 의심하지 않았다.

모두들 혈영살수를 보면서 경악하고 있지만 만공상판보다 더 놀라는 사람은 아무도 없었다.

만공상판은 눈이 튀어나올 것처럼 부릅뜨고 혈영살수를 쏘아보았다.

무림에 대해서 누구보다 많이 알고 있다고 자부하는 그가 보기에도 혈의 복면인은 혈영살수가 분명했다.

'으으… 이게 도대체 어찌 된 일인가?'

화운룡은 혈영살수를 보면서 조용히 물었다.

"다 들었나?"

그는 공력이 거의 없기 때문에 혈영살수가 이곳에 언제 도착해서 은둔하고 있었는지 모른다.

그렇지만 그가 이곳에서 일어난 상황을 알고 있을 것이라고 짐작했다.

혈영살수는 가볍게 고개를 끄떡였다.

사실 혈영살수를 부르는 방법은 두 가지다.

하나는 살인 청부를 하려고 특수한 연락망을 이용하는 방법이고, 또 다른 하나는 혈영단 사람들만이 알고 있는 매우 특별한 방법인 표식, 즉 노부(路符)로 연락을 취하는 방법이다.

그런데 화운룡은 두 번째 방법인 혈영단 고유의 노부를 이용해서 혈영단에게 연락을 취했다.

화운룡이 다시 혈영살수에게 말했다.

"나는 혈영단주를 불렀는데 그가 왔나?"

그 말에 만공상판은 오금이 저려서 부르르 몸을 떨었고 중인들은 호흡을 멈추었다.

무림 최강의 살수 조직 혈영단의 단주는 백무신의 한 명이지만 그냥 백무신이 아니다.

그는 공포 그 자체라서 무림의 어느 누구라도 혈영단주를 두려워한다.

모두의 시선을 받으면서 혈영살수가 보일 듯 말 듯 미미하게 고개를 끄떡였다.

혈영단주가 이곳에 왔다는 뜻이다.

"좋아."

화운룡은 고개를 끄떡이고 나서 턱으로 만공상판을 가리

켰다.

"우선 저 작자부터 해결하는 게 좋겠군. 자네는 신영진검을 잘 알겠지?"

혈영살수는 만공상판을 힐끗 보고는 화운룡에게 시선을 고정시켰다.

화운룡은 빙그레 엷은 미소를 지었다.

"자네 선에서는 이 일을 결정할 수 없다는 게로군."

그는 다시 허공을 둘러보면서 말했다.

"운설(雲雪), 왔으면 나와라."

그 말에 혈영살수는 움찔 놀랐다. 혈영단주의 이름이 설운설(雪雲雪)이라는 사실을 알고 있는 사람은 혈영단 사람들뿐이기 때문이다.

스웃…….

한순간 혈영살수 옆에 무엇인가 부연 핏덩이 같은 것이 나타났다.

핏빛 혈의를 입은 여자다.

그녀가 나타나자 혈영살수는 급히 허리를 굽혔다.

"단주."

조금 전 혈영살수는 한 무더기 핏빛 무지개의 구름처럼 허공에서 하강했는데 혈영단주는 언제 나타났는지도 모르게 혈영살수 옆에 모습을 드러냈다.

그것 하나만 봐도 혈영단주의 무위가 어느 정도인지 짐작할 수 있다.

혈영단주는 여자인데 혈영살수하고는 달리 복면을 하지 않은 모습이다.

핏빛 혈의 단삼을 입었고 엉덩이를 덮는 두봉(斗篷: 망토)을 걸쳤으며, 이십오륙 세쯤 나이에 대단한 미녀다.

그렇지만 그녀를 한 번 보면 절대로 잊지 못하게 만드는 것은 굉장한 미모가 아니라 그녀에게서 풍기는 섬뜩한 한기와 살기 때문이다.

실제 중인은 혈영단주를 보면서 자신도 모르게 부지중 으스스 몸을 떨었다.

화운룡은 혈영단주 운설이 어떤 말이나 행동을 취하기 전에 먼저 그녀에게 말했다.

"저 사기꾼부터 처리하지."

운설은 나타난 순간부터 쏘는 듯이 화운룡을 주시하다가 비로소 만공상판에게 시선을 주었다.

"네가 신영진검을 팔았느냐?"

그녀의 입에서 흘러나온 말은 그녀가 풍기는 섬뜩한 한기와 살기보다 훨씬 더 차가웠다.

만공상판의 얼굴은 피 한 방울까지 뽑아낸 것처럼 완전히 사색으로 일그러졌다.

그는 자신에게 이런 참담한 상황이 닥칠 것이라고는 눈곱만큼도 예상하지 못했다.

운설이 물었지만 만공상판은 대답을 하지 않았다. 아니, 못했다. 할 말이 없기 때문이다.

신영루의 후신(後身)인 혈영단이 버젓이 존재하고 있는데 그들의 무공을 판 것으로도 모자라서 진본이 아닌 필사본으로 사기를 쳤으니 목숨이 열 개라도 지금 상황에서는 어떻게 해볼 도리가 없었다.

그러나 만공상판은 교활하면서도 담대한 성격이다. 이런 상황에서도 자신이 사지에서 벗어날 궁리를 했다.

"내가 판 것은 신영진검이 아니오."

운설이 하대로 물었으나 만공상판은 하대로 대답하지 못했다.

"아니라고?"

"그렇소. 내가 백 궁주에게 판 것은 신영진검의 필사본이었소. 그러니까 신영루에 죄를 진 것은 아니오."

화운룡이 넌지시 참견을 했다.

"무엇의 필사본이라고?"

만공상판은 힐끗 화운룡을 쳐다보았지만 대답하지 못했다.

운설이 차가운 목소리를 더욱 냉랭하게 내뱉었다.

"묻지 않느냐?"

"으음… 신영진검의 필사본이오."

다시 화운룡이 물었다.

"진본의 몇 성짜리 필사본이지?"

"칠 성이다."

"그렇다면 네가 판 검보는 신영진검의 칠 성만큼은 진짜라는 얘기로군."

"……."

만공상판은 자신의 유일한 돌파구가 차단된 것을 깨닫고 입을 다물었다.

운설의 눈에서 새파란 안광이 일렁거렸다.

"너는 죽어야겠다."

만공상판은 후드득 몸을 떨었다.

무림 최강의 살수 집단인 혈영단의 단주가 '죽어야겠다'고 말했으니 만공상판으로서는 죽을 수밖에 없다. 그것이 혈영단의 법칙이다.

그러나 그는 밟힌 지렁이처럼 꿈틀거려 보기로 했다.

휘익!

"막아라!"

그는 번개같이 창문으로 신형을 날려 도망치면서 음양쌍도에게 명령했다.

만공상판이 도망치는데도 운설과 혈영살수는 그 자리에 서서 움직이지 않았다.

스으으…….

만공상판이 쏘아 가고 있는 창 쪽에서 유령처럼 두 명의 혈영살수가 자욱한 핏빛 무지개와 함께 모습을 나타내고 있었기 때문이다.

"헛?"

쏘아 가는 앞이 가로막히자 만공상판은 급히 방향을 틀어 옆의 창문으로 쏘아 갔다.

슈욱!

그러나 그보다 한발 앞서 한 명의 혈영살수가 그의 앞을 차단하고 다른 한 명의 혈영살수는 측면으로 쏘아 가면서 어깨의 검을 뽑는 것과 동시에 공격했다.

스웅!

만공상판은 싸움이 시작되면 무조건 자신이 불리하다는 사실을 깨달았다.

혈영단주 한 명한테도 생존을 장담할 수 없는 판국인데 혈영살수가 세 명이나 더 있으면 무조건 싸워서는 안 된다.

그는 천근추의 수법으로 급히 바닥에 내려서는 것과 동시에 두 손을 번쩍 들며 외쳤다.

"도망치지 않겠소! 살려주시오!"

숫―

공격하던 혈영살수의 검첨이 만공상판의 목 옆 반 자 거리
에서 뚝 멈추었다.

"끅……."

"흐윽……."

그때 두 마디의 답답한 신음 소리가 뒤쪽에서 들려오자 만
공상판은 급히 뒤돌아보다가 얼굴이 일그러졌다.

혈영단주 운설이 막 검을 거두고 있으며 그 앞에서 음양쌍
도가 목을 움켜잡은 채 비틀거리고 있는 모습이 보였다.

만공상판은 장문으로 도망지면서 음양쌍도에게 믹으라고
명령했는데 그들이 운설과 혈영살수에게 도를 뽑으면서 공격
하다가 외려 목을 찔린 것이다.

화운룡은 혈영단주 운설을 보고 있었기 때문에 그녀가 음
양쌍도를 죽이는 광경을 똑똑히 목격했다.

운설은 공격해 오는 음양쌍도를 일검 일초식에 둘 다 목을
찔러서 죽였다.

목을 움켜쥔 음양쌍도의 손가락 사이로 새빨간 핏물이 분
수처럼 뿜어졌다.

"끄으으……."

그들은 비틀거리면서 몇 걸음 물러나는가 싶더니 둔탁한
소리를 내며 쓰러지면서 푸들푸들 몸을 떨다가 잠시 후 움직
임을 멈추었다.

화운룡은 내심 감탄했다.

'멋들어진 참영쾌검이다.'

참영쾌검은 신영루의 검법으로 신영진검보다 배 이상 위력적이며 빠르다.

$$*\qquad*\qquad*$$

음양쌍도의 죽음을 목격하고 사색이 된 만공상판은 비틀거리면서 운설에게 걸어왔다.

그는 운설에게 허무한 죽음을 당하느니 애걸을 하거나 뭔가 협상이라도 해볼 생각이다.

화운룡은 검을 쥔 오른팔을 비스듬히 바닥으로 뻗고 있는 운설에게 말했다.

"운설, 저자는 내 종이니까 죽이지 마라."

운설은 화운룡을 보면서 미간을 찌푸렸지만 아무 말도 하지 않았다.

그녀가 화운룡과 대화를 시작하게 되면 신영루나 혈영단의 비밀스러운 내용이 죄다 노출될 것이기 때문에 말을 아끼고 있었다.

만공상판은 화운룡의 말을 듣고 반색했다.

"그, 그렇소. 나는 내기에서 졌으니까 저자의 종이오……!"

"주인님에게 저자라니, 운설, 저놈의 귀 한쪽을 잘라라."

"아… 주인님… 소인이 잘못……."

팍!

"악!"

화들짝 놀란 만공상판이 급히 말을 바꾸려는데 한줄기 싸늘한 바람이 그의 왼쪽 귀를 스쳤다.

툭…….

만공상판의 귀가 바닥에 떨어지고 귀가 잘려 나간 부위에서는 피가 한 방울도 흐르시 않았다.

척!

운설은 검을 어깨의 검실에 꽂더니 비틀거리고 있는 만공상판에게 희고 긴 손가락을 슬쩍 퉁겼다.

파파팟!

"윽……."

세 줄기 지풍이 뿜어져서 마혈이 제압된 만공상판은 나무 토막처럼 바닥에 쓰러졌다.

쿵!

화운룡과 운설은 어느 방의 탁자에 마주 보고 앉았다.

두 사람의 은밀한 대화를 위해서 백청명이 내준 방이다.

운설은 턱을 약간 치켜든 오만하고 차가운 표정으로 화운룡을 응시했다.

그녀는 화운룡이 어떻게 자신의 이름을 알고, 또 혈영단주를 불러내는 노부를 알고 있는지에 대해서 묻지 않고 그를 쳐다보기만 했다.

그녀는 말이 많은 걸 질색하는 성격답게 자신도 꼭 필요한 말 외에는 하지 않았다.

화운룡은 거두절미하고 본론을 불쑥 말했다.

"십사 년 후에 운설 너는 내 수하가 된다."

그가 운설을 설득시키려면 장하문을 설득한 것처럼 미래에 일어날 일에 대해서 설명할 수밖에 없다.

운설은 표정의 변화 없이 차가운 눈빛으로 그를 주시했다.

"죽고 싶으냐?"

"그로부터 일 년 후 열여덟 살이 된 네 딸 은비(銀飛)도 내 수하가 된다."

화운룡의 두 번째 말에 운설은 움찔 가볍게 놀라며 눈이 조금 커졌다.

운설에겐 올해 세 살짜리 어린 딸이 있다. 딸의 이름을 아는 사람은 혈영단 내부 사람뿐이다.

"운설아, 날 자세히 봐라."

화운룡이 엷은 미소를 지으면서 말하자 운설은 미간을 살짝 찌푸리면서 그를 주시했다.

"나는 운설 너를 지금부터 십사 년 후에 처음 만나게 될 텐데 그때 너의 첫마디가 '밥맛 없게 잘생겼군'이었다. 아마도 너는 지금 날 보면서 그렇게 생각하고 있을 테지?"

"……"

운설은 흠칫 놀랐다.

그녀는 방금 화운룡을 주시하면서 속으로 '밥맛 없게 잘생겼군'이라고 중얼거린 참이었다.

화운룡은 시종 여유 있는 모습으로 찻잔을 들었다.

"너와 신영무, 혈영단에 대해서라면 다 알고 있으니까 무엇이든지 물어봐라."

그는 뜨거운 차를 후후 불면서 덧붙였다.

"참고로 나는 너의 어머니 빙마마(氷媽媽)하고도 꽤 친한 사이다."

"너……"

운설은 움찔 놀라서 기어코 침묵을 깨고 한마디 내뱉다가 입을 다물었다.

그녀의 어머니는 운설을 비롯한 가까운 주위 사람들에게 '빙마마'라 불리고 있다.

운설은 차를 마시고 있는 화운룡을 눈도 깜빡이지 않고 쏘아보다가 이윽고 싸늘하게 입을 열었다.

"네가 미래를 아는 것처럼 말하니까 묻겠다. 이걸 알면 너의 말을 믿겠다."

"말해봐라."

"내 남편은 누가 죽였느냐?"

그녀의 남편은 일 년 전에 온몸이 짓이겨진 채 무참한 죽음을 당했다.

"영파(英波)다."

"……."

냉정한 성격의 운설은 표정이 확 변할 정도로 놀랐다.

"설마……."

지나치게 놀란 나머지 그녀는 속으로 해야 할 중얼거림을 입 밖으로 흘려냈다.

그녀의 선친에겐 네 명의 제자가 있었는데 영파는 둘째 제자고 운설은 셋째다.

대사형과 이 사형이 둘 다 운설을 열렬하게 사랑했으나 그녀는 대사형을 선택했으며 그와 혼인하여 딸 은비를 낳고 행복하게 살았다.

그런데 일 년 전에 일급살인 청부를 받으러 나갔던 대사형, 즉 남편 임융(林隆)과 혈영살수 두 명이 무참하게 살해되어 죽은 시신으로 돌아왔다.

그런데 화운룡의 말에 의하면 이 사형 영파가 임융을 죽였다는 것이다.

화운룡은 담담하게 말했다.

"너는 이 년 후에 영파와 혼인을 하게 되고 그의 자식 둘을 낳게 되는데, 영파가 전남편 임융을 죽였다는 사실을 지금으로부터 이십이 년 후에 알게 될 것이다."

운설은 돌처럼 굳은 얼굴로 화운룡을 쏘아보았다.

"너는… 어떻게 그 사실을 아는 거지?"

화운룡은 담담한 표정으로 말했다.

"나는 미래를 육십사 년 더 살다가 과거로 돌아왔다. 그러니까 운설 네가 언제 죽는지도 알고 있다. 그렇지만 너는 죽을 때까지도 영파에게 복수를 하지 못한다. 그의 자식 둘을 낳고 이십 년 동안 산 정 때문이지."

운설의 얼굴이 일그러졌다.

"그게 가능하다고 말하는 것이냐?"

화운룡은 어깨를 으쓱했다.

"가능하지 않으면 그런 사실들을 내가 어찌 알겠느냐?"

남편 임융의 급작스러운 죽음에 운설은 큰 충격을 받고 삶을 포기할 정도였다.

그런데 이 사형 영파가 정성스럽게 그녀를 위로했기에 상처를 딛고 재기할 수 있었다.

그리고 운설은 언젠가 마음의 상처가 깨끗이 나으면 이 사형 영파하고의 혼인까지 염두에 두고 있었다.

딸 은비도 영파를 잘 따르고 홀어머니 빙마마도 영파를 믿음직스러워하기 때문이다.

"이십일 년 후에 빙마마는 우연한 기회에 영파가 임융을 죽였다는 사실을 알게 되었고 그래서 그것을 내게 말해주며 어떻게 했으면 좋겠느냐고 의논을 했다."

"그래서 어떻게 했지?"

화운룡은 씁쓸한 표정을 지었다.

"내가 도착하기 전에 빙마마가 갑자기 주화입마에 들어서 칠공에서 피를 쏟으며 죽었다."

"영파가……."

화운룡은 고개를 끄떡였다.

"그래. 영파는 운공 중인 빙마마를 암습했지. 이후에 운설네가 임융과 빙마마의 죽음에 대해서 의심을 하기 시작하자 영파는 네 앞에서 무릎을 꿇고 널 사랑하기 때문에 그랬다면서 용서를 빌었다. 결국 너는 그를 죽이지 못하지."

운설은 아직 확인되지 않은 사실인데도 입술을 잘근 깨물었다. 충분히 가능한 일이기 때문이다.

"더 알고 싶은가?"

"은비는 어떻게 되지?"

"그 일이 있기 전에 은비는 내가 데리고 갔다."

"그게 언제지?"

"은비가 열일곱 살 때."

운설의 눈빛이 날카로워졌다.

"나는 영파에게 죽지 않나?"

"너도 내가 데리고 간다."

"어디로?"

"무황성."

"거긴 어디지?"

화운룡은 빙그레 미소 지었다.

"운설아, 너는 내게 옛날 얘기를 듣고 싶은 것이냐?"

운설의 얼굴이 굳어졌다.

"너는 이 길로 유성보주(流星堡主) 우창성(宇蒼成)을 찾아가서 그를 족쳐라. 그가 영파와 짜고서 임융을 죽였으니까."

"우창성이?"

"우창성을 족치면 임융을 죽인 게 영파라는 사실을 알게 될 것이다."

"음."

"너는 임융을 누가 죽였는지 말해주면 나를 믿겠다고 했으니까 이제 실천해라."

슥—

화운룡은 자신이 할 말을 다 마치고 자리에서 일어나서 문으로 걸어갔다.

"서라."

화운룡이 멈추지 않고 계속 걸어가자 운설이 미끄러지듯이 그를 따라왔다.

"너를 강제로 끌고 갈 수도 있다."

화운룡은 걸음을 멈추고 돌아섰다.

"운설아, 후회할 짓은 하지 마라."

"감히!"

화운룡이 해준 말들은 운설에게 크나큰 충격을 주었다. 만약 그것들이 사실이라면 운설은 그의 수하였다는 뜻이다.

화운룡은 운설의 둔부를 힐끗 보고는 빙그레 미소 지으며 말했다.

"원래 이런 상황에서는 내가 네 엉덩이를 두드려 주었는데 지금 그랬다가는 날 죽일 것 같구나, 하하!"

운설은 화운룡이 방을 나가 문을 닫을 때까지 그를 잡지 못하고 묵묵히 지켜보기만 했다.

남편 임용도 운설의 엉덩이를 두드리지 못했다.

도대체 저 작자는 뭐라는 말인가?

그러나 그런 것보다는 화운룡이 해준 얘기들이 운설의 머릿속에서 얽히고설키면서 소용돌이를 치느라 다른 것은 생각할 겨를이 없었다.

전화위복은 이럴 때를 두고 하는 말이다.

화운룡은 만공상판에게 협박을 받고 있는 백청명을 구하기 위해서 혈영단주 설운설을 불러냈다.

혈영단주를 불러내는 노부가 과연 운설을 불러낼 수 있을까 염려했는데 그녀가 와주었다.

화운룡은 만약 일이 잘 풀리면 운설에게 한 가지 일을 시킬 계획이다.

그녀에게 정헌왕 주천곤을 데려오게 하는 것이다.

그렇지만 화운룡은 운설에게 매달리지 않을 것이며 그녀가 이대로 훌쩍 떠나면 어쩔 수 없는 것처럼 그녀를 방임했다.

운설이 절대로 그냥 떠나지 못한다는 사실을 잘 알고 있기 때문이다.

또한 그녀가 화운룡의 말을 들을 수밖에 없도록 해야만 한다.

과연 그녀는 화운룡을 다시 찾아왔다.

화운룡은 그녀가 올 줄 알고 혼자서 호젓하게 차를 마시고 있었다.

"당신은 누구지?"

운설의 첫마디다.

그리고 보니까 운설은 지금까지 화운룡의 이름조차도 모르고 있었다.

"화운룡이다."

운설은 미간을 찡그렸다. 화운룡이라는 이름은 그녀의 인생 중에서 처음 들어본다.

탁자 앞에 앉아서 느긋하게 차를 마시는 화운룡 옆 세 걸음 거리에 서서 운설은 차갑게 말을 이어갔다.

"육십사 년 후의 미래에서 왔다고 했는데 그때 당신은 어떤 신분이었지?"

화운룡은 차를 후룩 마시고 나서 간단하게 대답했다.

"천하제일인."

"……."

"그 정도 돼야 운설을 수하로 둘 수 있는 것 아니겠느냐?"

그의 말이 옳다. 신영루주이며 혈영단주인 그녀 정도라면 천하제일인쯤 돼야 수하로 거느릴 수가 있을 터이다.

화운룡의 말이 사실이라면, 아니, 사실일 것이다. 그가 정말 미래에서 오지 않았다면 운설에 대해서 그토록 많은 것을, 또한 정확하게 알지 못할 테니까 말이다.

그렇다면 지금 운설은 장차 천하제일인이 될 엄청난 인물 앞에 서 있는 셈이다.

문득 운설의 표정이 복잡해졌다.

"이제 어떻게 하지?"

그녀가 이런 식으로 누군가에게 물은 적은 한 번도 없었다.

그녀는 뜨뜻미지근한 관계나 상황을 매우 싫어한다. 화운룡은 그걸 잘 알고 있다.

화운룡은 찻잔을 내려놓고 그녀를 보았다.

"운설아, 가까이 와라."

운설은 거리낌 없이 성큼 다가와 그의 옆에 섰다.

화운룡은 그녀를 보면서 부드러운 미소를 지었다.

"우린 원래보다 십사 년이나 빨리 만났군."

올해 이십오 세인 운설이 십사 년 후에 화운룡을 만났다면 삼십구 세 때다.

문득 운설은 자신의 삼십구 세 때의 모습이 어땠을지, 그리고 화운룡이 그녀를 어떻게 봐주었을지 궁금해졌다.

"지금 당신은 몇 살이지?"

"스무 살이야."

"나는 당신에게 어떤 존재였지?"

"내겐 모두 열두 명의 가신(家臣)이 있으며 무황십이신이라고 하는데 너는 그중 한 명이다."

"나는… 그들 중에 몇 번째로 당신하고 만났었나?"

"두 번째다."

운설은 조금씩 이야기에 빠져들었다. 자신의 미래에 대한 이야기이므로 관심이 없을 수가 없다.

그녀는 열두 명의 가신 중에서 자신이 두 번째로 화운룡과 만났다는 사실이 조금 기뻤다. 그만큼 그의 가신으로서 오래 보좌했을 것이기 때문이다.

"당신이 최초에 만난 사람은 누구지?"

"신기서생 장하문. 군사다."

"아… 밖에 있는 젊은 유생인가?"

"그래."

"그는 당신 말을 믿던가?"

"하하! 신기서생만큼 똑똑한 사람이 내 말을 믿지 않을 리가 있겠느냐?"

운설은 흠칫했다.

"신기서생이 군사라고?"

신기서생에 대한 소문은 그녀도 익히 알고 있었다.

화운룡은 운설을 처음 만난 오십 년 전으로 돌아간 듯한 기분이 들었다.

운설은 아까하고는 사뭇 달라진 얼굴로 물었다.

"나하고 당신 관계는 어땠지?"

화운룡은 빙그레 미소 지었다.

"너는 잔소리 심한 마누라 같았지."

"내가?"

"내가 어딜 가든지 귀찮게 따라다니면서 이렇게 하면 안 된다, 이건 이렇게 해라 귀가 따가울 정도였다."

죽은 남편 임웅에게도 잔소리 같은 것은 하지 않았던 운설은 화운룡의 말이 믿어지지 않았다.

하지만 그가 거짓말을 하는 것 같지는 않았다. 아니, 거짓말을 할 리가 없다.

그렇다면 그녀는 화운룡을 남편보다 더 따르고 챙겼다는 뜻이다.

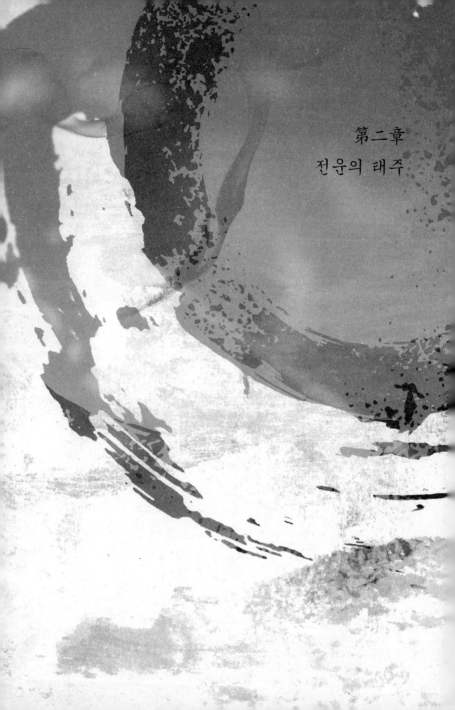

第二章
전운의 태주

　화운룡은 운설과의 문답이 길어지는 것이 조금 지겨워졌
다.

　그와 운설은 남들이 보면 부부 같았다. 아니 할 말로 무황
십일신들은 운설을 주모처럼 대했고 그녀도 당연하게 받아들
였었다.

　운설은 궁금하기도 하고 화운룡의 말을 더 확실하게 믿고
싶어서 질문을 이어갔다.

　그를 믿기는 하지만 움직이지 못하는 결정적인 무언가가 필
요했다.

"그런 말도 안 되는……."

슥—

운설이 어이없는 표정을 짓는데 화운룡이 팔을 뻗어 그녀의 허리에 두르고는 슬쩍 잡아당겼다.

"……."

몸의 균형이 무너지면서 운설은 어이없게도 화운룡의 무릎에 앉아버렸다.

"이……."

"가만히 있어라."

"……."

운설은 발작을 일으키려다가 화운룡의 조용한 말에 몸이 굳어버렸다.

"너는 걸핏하면 내 무릎에 앉으려고 했는데 그럴 때마다 내게 혼났었지."

운설은 뭐라고 말로는 설명할 수 없는 기묘한 느낌에 입이 얼어붙었다.

"그렇지만 오늘은 너를 십사 년이나 일찍 만난 기념으로 무릎에 앉게 해주는 것이다."

운설은 한줄기 번갯불 같은 것이 머리를 관통하는 느낌을 받았다.

'설마 내가…….'

그녀는 문득 자신이 화운룡을 남자로서 좋아했을지도 모른다는 생각이 들었다.

"운설아, 네가 해야 할 일이 하나 있다."

평소 운설의 성격 같으면 벌떡 일어나서 검을 뽑아 화운룡의 목을 베야 하는데 그녀는 손가락 하나 까딱하지 못하고 뻣뻣하게 앉아 있었다.

도대체 자신이 왜 이러는지 이해가 되지 않았다.

"광덕왕으로부터 도주하고 있는 정현왕을 데려와라."

그리나 화운룡은 개의치 않고 정현왕에 내해서 자세하게 설명해 주었다.

운설은 화운룡의 말을 듣고 있다가 그와 자신의 얼굴이 반 뼘 거리밖에 떨어지지 않았다는 사실을 깨달았다.

화운룡은 손바닥으로 운설의 뺨을 가볍게 두드렸다.

"됐다. 이제 일어나라."

"……"

그녀가 우두커니 앉아 있자 화운룡은 그녀의 양 허리를 잡고 번쩍 일으켰다.

"빙마마에게 내 얘기를 해라."

"당신……"

운설이 화운룡을 쏘아보는데, 그녀는 자신의 얼굴이 확확 달아오르는 것을 느꼈다.

운설은 문 쪽으로 걸어가는 화운룡의 뒷모습을 보면서 급히 물었다.

"어머니에게 당신 얘기를 어떻게 하라는 거죠?"

왠지 그녀는 그에게 존대를 하게 되었다.

"빙마마의 기침병은 내가 고쳐주겠다고 말이다."

"그걸 어떻게……"

빙마마는 심한 기침병이 있으며 한 번 기침을 시작하면 오장육부를 모조리 쏟아낼 것처럼 격렬하게 하고 또 고통스러워서 숨이 끊어지려고 한다.

화운룡이 방을 나간 후에도 운설은 그곳에 우두커니 선 채한참이나 있었다.

그녀는 절대로 쉬운 여자가 아니다. 심지어 그녀는 전남편임용의 무릎에도 앉아본 적이 없었다.

그런데도 그녀는 화운룡이 하는 대로 속수무책 그대로 당하고만 있었다.

그녀가 봤을 때 그것은 한 가지 이유로밖에는 설명이 되지않았다.

그녀가 화운룡을 남자로 여긴다는 것이다.

하지만 다시 돌이켜 생각하면 기가 막히는 일이었다.

어제까지만 해도 생판 몰랐던 낯선 남자의 무릎에 앉고서도 가만히 있는 것으로도 모자라서 얼굴을 붉히기까지 했다니…….

무림 사상 최강의 살수 조직 혈영단의 단주가 말이다.

화운룡은 사십여 일 만에 해남비룡문으로 돌아왔다.

화운룡이 도착했다는 소식에 온 가족이 전문까지 몰려나와서 반겨주었다.

집을 떠날 때는 화운룡과 장하문 둘뿐이었지만 돌아올 때는 식구가 많이 늘었다.

화운룡이 옥봉과 두 명의 호위고수를 데리고 왔으며 장하문은 백진정과 같이 돌아왔다.

제남 은한천궁 궁주 백청명은 은한천궁을 멸문의 위기에서 구해낸 화운룡을 평생의 은인으로 여기게 되었다.

화운룡이 장하문과 백진정의 혼사 문제를 꺼내자 평소 장하문을 크게 마음에 들어 했던 백청명은 두말없이 쌍수를 들어 환영했다.

그리고 혼인날을 잡을 때까지 백진정이 장하문과 해남비룡문에서 함께 지내는 것을 허락했다.

해남비룡문 내전에서는 성대한 연회가 베풀어졌다.

화운룡이 집을 비운 사이 태주현 내에 몇 가지 일이 발생했지만 아버지 화명승을 비롯한 가족들은 그것에 대해서는 한

마디도 하지 않았다.

화운룡이 먼 길에 피곤할 테니까 그런 것들은 나중에 알려도 된다고 생각했다.

옥봉은 화운룡 가족들의 시선을 한 몸에 받았고 모두들 그녀가 누군지 몹시 궁금하게 여겼다.

가족들은 물론이고 백진정까지도 지금까지 살아오면서 옥봉처럼 아름다운 소녀는 본 적도 들어본 적도 없었다.

여북하면 요리와 술 따위를 갖고 들어오는 하녀들까지도 옥봉에게서 시선을 떼지 못했다.

처음에 백진정이 소개되자 화명승을 비롯한 가족들은 크게 놀라며 기뻐했다.

화운룡의 군사인 장하문이 제남의 패자인 은한천궁의 소궁주와 혼인을 한다는 것은 더할 수 없는 경사다.

화운룡이 은한천궁에서 어떤 활약을 펼쳤는지 해남비룡문 가족들이 알면 발칵 뒤집어질 정도로 기뻐할 터이다.

하지만 거기에 대해서는 비밀로 하라고 화운룡이 당부했다. 가족들이 알아서 좋을 게 없다고 생각했기 때문이다.

또한 옥봉에 대해서도 현재로선 함구할 수밖에 없다.

장차 화운룡의 아내가 될 것이고 지금부터 같이 지내게 될 옥봉이지만, 그녀가 정현왕의 딸 봉화공주이며 황천봉추라는 아호로 불린다는 사실이 알려지면, 그 사실이 밖으로 새어 나가서 광덕왕에게 알려질 수도 있다.

특별히 제작한 두 개의 커다랗고 둥근 탁자에 화운룡과 가족들이 나누어 둘러앉아 있다.

화운룡의 탁자에 장하문과 백진정도 나란히 앉았다.

"아버지, 어머니, 드릴 말씀이 있습니다."

화운룡은 하녀들이 모두 나가자 문을 닫게 하고는 화명승에게 공손히 입을 열었다.

화운룡은 화명승과 어머니 구소혜에게 옆에 앉은 옥봉을 조용한 목소리로 소개했다.

"여기 이 사람은 제 아내가 될 여자입니다."

화명승과 구소혜를 비롯한 가족들은 무슨 말인지 얼른 이해하지 못하고 화운룡과 옥봉을 번갈아 쳐다보았다.

물론 그의 말을 알아듣기는 했지만 설마 그가 옥봉을 '아내가 될 여자'라고 소개하지는 않았을 것이라고 생각했다.

화운룡은 엷은 미소를 지으며 말을 이었다.

"부모님과 가족들이 우리 두 사람의 혼인을 허락해 주시기를 바랍니다."

그러고는 옥봉에게 부드럽게 말했다.

"봉애, 부모님께 인사드려라."

화운룡의 권유에 옥봉이 일어나서 앞으로 걸어나가 화명승과 구소혜에게 날아갈 듯이 우아하게 절을 올렸다.

"처음 뵈어요. 아버님, 어머님, 소녀 옥봉이에요."

바닥에 끌리는 긴 치마와 칠채(七彩) 영롱한 색깔의 옷을 입고 머리를 살짝 틀어 올린 옥봉의 자태는 나이를 망각하게 할 만큼 아름다웠다.

화명승과 구소혜는 옥봉의 인사를 어떻게 받아야 할지 몰라서 그저 어리둥절했다.

옥봉은 화명승과 구소혜 앞에 다소곳이 서 있고, 화운룡이 일어나서 그녀를 가리키며 설명했다.

"아버지와 어머니께서 놀라셨겠지만 사실 소자는 이번에 이 사람을 데리러 북경에 다녀온 것입니다."

집을 떠날 때 화운룡은 장하문과 그저 유람을 다녀오겠다고만 말했다.

"장차 소자의 장인어른이 되실 분께서는 이미 허락을 하셨으며 이제 아버지 어머니께서 허락하시면 장인어른께서 길일을 잡으시는 대로 혼인식을 올릴 생각입니다."

부모와 가족들은 차츰 현실을 인지하기 시작했다.

"저와 봉애가 나이 차이가 있지만 서로 사랑하고 있으므로 잘 극복할 것입니다. 앞으로 봉애를 예쁘게 지켜보시고 부디 저희의 혼인을 허락해 주시기 바랍니다."

정현사위 중에 보진이 두 개의 작은 상자를 들고 화명승과 구소혜에게 다가갔고, 창천은 여러 개의 작은 상자들이 담긴

쟁반을 들고 가족들에게 다가갔다.

옥봉이 공손하면서도 우아하게 말했다.

"소녀의 부모가 보낸 선물입니다. 보시고 흉보지 말아주시기를 바라요."

상자를 열어본 화운룡의 부모와 가족들은 혼비백산하여 눈을 크게 뜨고 한동안 아무 말도 하지 못했다.

모두의 상자 안에는 부모와 가족들 각자의 태어난 해의 십이 간지 동물들 형상이 담겨 있었다.

화녕승과 구소혜의 것은 어린아이 머리통 크기이며 가족들은 어른 주먹 크기인데, 모두 황금에 동물들의 눈은 야광주이고 몸 여기저기에 각종 보석이 박혀 있어 그야말로 눈이 부셔서 쳐다보지 못할 정도였다.

모르긴 해도 그것 하나의 가치는 황금 수만 냥을 호가할 것이 분명했다.

부모와 가족들은 세상에 이런 진귀한 보물이 있다는 말조차 들어본 적이 없었다.

이것 하나만 봐도 옥봉의 가문이 어느 정도일지 미루어 짐작할 수가 있었다.

연회가 끝난 후에 화운룡과 옥봉 등은 운룡재로 돌아왔다.

장하문의 거처도 운룡재라서 백진정도 그와 같이 왔다.

그리고 그동안 해남비룡문과 태주현에 있었던 일을 보고하기 위해서 두 명의 사범 차도익과 화문영이 따라왔다.

"태사해문(太四海門)이 태주현 내에 지부를 열었어."

운룡재 접객실 둥근 탁자에 간단한 술과 요리가 차려지고 화운룡 등이 둘러앉아 술을 마시는데, 둘째 매형 차도익이 먼저 보고했다.

'태사해문'이라는 이름에서 뭔가를 알아차린 장하문이 물었다.

"태극신궁과 사해검문의 합병이 공식화된 것입니까?"

"그렇습니다. 태극신궁과 사해검문만이 아니라 그들을 지지하고 추종하는 방파와 문파 이십삼 곳이 모여서 이룬 대문파가 태사해문입니다."

"태사해문이 태주현에 지부를 열었다는 것입니까?"

"그렇습니다. 태주현에 있는 기존의 어느 문파나 방파하고도 손을 잡지 않고 태사해문 독자적으로 지부를 열었습니다."

화운룡과 장하문이 북경에 다녀온 시일이 한 달 보름쯤 걸렸으니까 태사해문이 지부를 만들어 열기에는 충분한 기간이었을 것이다.

화운룡은 가만히 있고 장하문이 질문을 했다.

"통천방 태주분타는 어찌 됐습니까?"

"태사해문 태주지부보다 보름쯤 앞서 열었습니다."

"둘 사이의 분쟁은 없었습니까?"

"아직 없었습니다."

"구조장은 갔습니까?"

"네. 통천방 구조장이 출발하기를 기다렸다는 듯이 사흘 후에 태사해문 태주지부가 문을 열었습니다."

장하문은 고개를 끄떡였다.

"다른 보고가 있습니까?"

이번에는 화문영이 보고했다.

"귀풍채(鬼風寨)가 철사보 세력권을 이어받았어요."

귀풍채는 녹림구런 아홉 개 방파 중에 하나다. 그런데 그들이 해남비룡문을 습격하려다가 몰살당한 철사보의 세력권을 이어받았다는 것이다.

장하문이 알기로 귀풍채는 장강 남경 서쪽 상류 쪽을 지배하고 있는 창혼부보다 더 상류 쪽의 녹림방파다.

녹림에서 보통은 몰살한 세력권 옆에 있는 방파가 그것을 흡수하게 마련인데 한 다리 건너의 귀풍채가 철사보의 세력권을 이어받았다는 것은 의외였다.

어쨌든 철사보를 대신할 방파가 그 자리에 생길 것이라고 생각한 장하문의 예상이 적중했다.

또한 철사보가 해남비룡문을 습격하려다가 몰살당했기 때문에 귀풍채로서도 가만히 있지는 않을 것이다.

하지만 거기에 대한 대략적인 대책은 이미 장하문의 심중에 세워져 있었다.

"다른 보고는 없습니까?"

화문영이 화운룡을 보면서 머뭇거렸다.

"이건 사사로운 것인데……."

화운룡은 빙그레 미소 지었다.

"말해, 큰누나."

그러나 화문영은 옥봉을 슬쩍 보면서 말하기 곤란하다는 표정을 지었다.

"나중에 말할게."

"그럼 나중에 듣지."

화운룡은 큰누나를 강요하지 않았지만 그녀가 무슨 말을 하려는지 대충 짐작했다.

*　　　　*　　　　*

차도익과 화문영이 물러간 후 자신의 차례를 오래 기다린 벽상이 말했다.

"우리 가족은 해남비룡문에 머물기로 했어요."

"머문다는 것은 언젠가 떠난다는 뜻이냐?"

장하문의 말에 벽상은 손을 저었다.

"그게 아니라 저희 벽씨 가문이 아예 이곳에 뿌리를 내리겠다는 것입니다. 해남비룡문의 일원이 되려는 거예요."

장하문이 화운룡에게 제의했다.

"주군, 벽씨 일족을 본 문의 일곱 번째 전으로 삼는 것이 어떻겠습니까?"

해남비룡문에는 여섯 개의 전이 있으며 각 전주는 예전 진검문 당주들이 맡고 있다.

벽씨 일족을 전으로 삼는다면 인원으로는 조금 부족하지만 충원하면 될 일이다.

"그러게."

"주군께서 이름을 지으시겠습니까?"

"벽풍전(碧風殿)이 어떤가?"

벽상 부모를 비롯한 가족들이 동천목산 기슭에서 살던 장원이 벽풍장이었다.

"좋군요."

벽상은 부모와 가족들이 살던 장원의 이름을 계속 사용할 수 있다는 사실에 적이 감격했다.

"주군……."

"그 이름이 싫으냐?"

"그게 아니라……."

"그럼 홍후전으로 할 테냐?"

"야잇! 정말!"

벽상은 발을 구르면서 빽 소리쳤다.

옥봉이 궁금하다는 듯 커다란 눈을 깜빡거렸다.

"용공, 홍후라면 빨간 사마귀인데 어째서 그런 이름을 짓는 것이죠?"

화운룡은 빙그레 미소 지었다.

"그런 게 있다."

벽상은 있는 힘껏 화운룡을 흘겨주었다.

장하문이 벽상에게 웃으면서 물었다.

"너희 벽씨 일가가 어째서 이곳에 남기로 했느냐?"

다 알면서 묻는 질문에 벽상은 얼굴을 붉혔다.

"태주현 거리에 나가니까 우리 가족이 살던 벽풍장 인근 마을이 사풍채라는 산적 무리에게 쑥밭이 됐다는 소문이 자자하게 퍼졌더군요."

그녀의 표정이 씁쓸해졌다.

"사풍채 사백여 명이 인근 마을 다섯 곳을 약탈하고 양민 수백 명을 무참하게 학살했다는 소문을 접한 아버지와 가족들은 뒤늦게 주군의 은혜에 눈물을 흘렸답니다."

그녀는 화운룡에게 두 손을 모았다.

"아버지와 가족들이 주군께 무례하게 굴었던 것을 사죄하고 또 목숨을 구해준 일을 감사드리겠다고 제가 부르기만을 기다리고 있어요."

화운룡은 손을 저었다.

"내일 하자."

"주군, 노여움 푸시고 부디 저희 가족들을 용서해 주세요."

화운룡은 빙그레 미소 지었다.

"홍후야, 나는 너희 가족 때문에 화난 적이 없으니까 용서해 줄 것도 없다."

화운룡은 혈영단주에게 정현왕을 데려오라고 지시했다는 것을 장하문에게 설명했다.

혈영단주에 대해서 모르고 있는 장하문은 깜짝 놀랐다.

"혈영단주를 잘 아시는군요?"

"무황십이신의 한 명이었네."

장하문은 깜짝 놀랐다.

"아… 그렇군요."

"자네 다음에 두 번째로 얻은 수하였지."

장하문은 부드럽게 미소 지었다.

"저에게도 소개해 주십시오."

"물론이지. 그러나 그녀를 수하로 거둘 생각은 없네."

"그러십니까?"

장하문은 화운룡이 무엇이든지 일을 크게 벌이지 않으려고 애쓴다는 사실을 알고 있다.

"광덕왕에 대해서 알아봐야겠네."

"어디까지 알아내면 됩니까?"

"전부."

"알겠습니다."

장하문은 잠시 뜸을 들였다가 조심스럽게 말했다.

"주군, 본 문을 옮기는 것이 어떻겠습니까?"

화운룡은 고개를 끄떡였다.

"나도 그걸 생각했었어."

"그럼 제가 적당한 지역을 알아보겠습니다."

"그러게."

현재 해남비룡문은 태주현 한가운데 가장 번화한 지역에 있는데 구태여 그럴 이유가 없다.

해룡상단의 모든 상선은 이곳에서 북쪽으로 오 리 거리에 있는 동태하의 해룡 포구에 정박해 있다.

동태하는 서쪽 삼십여 리에 있는 소백호(邵伯湖)라는 거대한 호수에서 발원하여 태주현 북쪽을 지나 동북쪽으로 흘러 동해로 유입된다.

또한 동태하는 운하로 개발이 됐기 때문에 수심이 깊고 강폭이 넓어서 많은 배가 이용하고 있다.

게다가 여러 강들과 거미줄처럼 얼기설기 얽혀 있는 덕분에 동태하를 통해서 가지 못할 곳이 없다.

그렇지만 해룡상단은 해남비룡문 안에 있고 상선들은 해룡포구에 정박해 있으므로 여러 면에서 불편했다.

뿐만 아니라 해남비룡문은 외부의 습격에도 신경을 써야 하는데 이곳의 해남비룡문은 여러모로 취약한 부분이 많다.

"강을 끼고 있으면 좋겠군."

"제 생각도 그렇습니다."

화운룡이 방으로 돌아왔을 때 뜻밖에도 옥봉과 소랑이 작은 실랑이를 벌이고 있었다.

소랑은 옥봉을 목욕시켜 주겠다는 것이고 옥봉은 그러지 않겠다고 버티는 중이었다.

"랑아, 너는 그만 가서 자라."

화운룡의 말에 소랑은 조심스럽게 말했다.

"소저께선 오늘 밤에 목욕을 하지 않으시는 건가요?"

"아니다. 목욕할 것이다."

"그럼 누가 옥 소저의 시중을 들지요?"

"그건 내가 알아서 하마."

"아… 네, 상공."

소랑은 화운룡이 옥봉을 씻겨줄 것이라는 뜻으로 이해하고 깜짝 놀랐다가 얼른 허리를 굽히고 물러갔다.

옥봉이 수줍게 화운룡을 바라보았다.

"저 아이는 용공의 몸종 같은데 소녀가 괜한 고집을 부렸나 보군요?"

화운룡은 빙그레 미소 지으며 옥봉의 머리를 쓰다듬었다.

"괜찮아."

그는 이 어린 소녀가 머잖아서 자신의 아내가 된다는 사실이 믿어지지 않았다.

화운룡과 옥봉은 침상에 나란히 누웠다.

옥봉은 언제나처럼 화운룡의 팔베개를 하고 그를 향해 누워서 가슴에 손을 얹었다.

"왕부의 봉화궁보다 누추하더라도 참아."

옥봉은 그의 가슴을 쓰다듬었다.

"소녀에겐 용공께서 계시는 곳이 천국이에요."

화운룡은 옥봉에게 부친 정현왕의 일을 숨기지 않으려고 한다. 그녀가 충분히 충격을 이겨낼 것이라고 믿었다.

"봉애, 할 얘기가 있어."

"말씀하세요."

옥봉은 행복에 젖어서 속삭였다.

옥봉은 캄캄한 침상 위에 오도카니 앉아서 한참이나 아무 말도 하지 않았다.

화운룡은 그녀 옆에 앉아서 그녀 스스로 충격을 이겨낼 때까지 물끄러미 지켜보았다.

조금 전에 그는 광덕왕이 정현왕부를 습격하여 정현왕이 가솔을 이끌고 도주하는 중이며 그들을 데려오라고 혈영단을 보냈다는 사실을 설명했다.

그리고 내친김에 자신에 대해서도 모두 말해주었다.

원래 자신의 나이가 팔십사 세이며 우화등선을 시도했다가 육십사 년 전에서 현재로 회귀했다는 것에서부터 예전 생에서 자신이 옥봉을 처음 만나 줄곧 짝사랑을 하고 있었다는 사실들을 하나도 빼놓지 않고 설명해 주었다.

칠 년 공력을 회복한 화운룡은 캄캄한 어둠 속 바로 앞에 앉아 있는 옥봉의 얼굴이 또렷하게 보였다.

옥봉은 커다란 눈을 깜빡거리고 장미 꽃잎처럼 빨갛고 조그만 입술을 반쯤 벌린 모습으로 놀라움을 삭이고 있는 중이다.

그녀는 화운룡을 응시하고 있지만 그의 모습은 그저 희미하게 윤곽만 보일 따름이다.

옥봉은 굉장한 충격을 받았다. 화운룡에 대해서 들었을 때 매우 놀랐지만 부친 정현왕이 습격을 당해서 도주하고 있다는 사실보다는 덜했다.

화운룡에 대한 애기는 그녀로서도 충분히 이해할 수 있으며 오히려 기쁜 일이라서 충격을 받지 않았다.

그렇게 반각 정도 말없이 앉아 있던 옥봉이 비로소 긴 한숨을 토해냈다.

"하아… 혈영단주라는 사람이 아버지와 가족들을 무사히 모셔올까요?"

화운룡은 그처럼 큰 충격을 거뜬히 이겨낸 옥봉이 대견했다.

"그럴 거라고 믿어."

"그렇다면 됐어요. 부모님과 가족들만 무사하다면 소녀는 얌전하게 기다릴 수 있어요."

화운룡은 과연 기대했던 것처럼 옥봉이 총명하다는 사실에 가슴이 훈훈해졌다.

옥봉은 어둠 속에서도 유난히 반짝거리는 눈으로 화운룡을 바라보았다.

"용공께서 자신에 대한 비밀을 솔직하게 다 말씀해 주서서 정말 기쁘고 고마워요."

화운룡은 자신의 말을 믿느냐고 묻지 않았으며, 옥봉은 그게 정말이냐고 확인하지 않았다.

그녀는 화운룡의 커다란 손을 잡았다.

"소녀도 말씀드리지 않은 것이 하나 있어요."

화운룡은 그게 무엇인지 짐작하지만 그다지 중요한 게 아니라고 생각했다.

"소녀가 용황락에서 수십 년 동안 용공과 함께 살았다고 말씀드렸죠?"

"그래."

"소녀가 꿈속에서 용황락에 갔던 것을 또렷이 기억하기 시작한 것은 네 살 무렵이었어요."

그녀는 풀잎이 서로 부대끼면서 내는 소리처럼 사근거리는 목소리로 이야기했다.

"소녀가 네 살부터 십칠 세까지 십삼 년 동안 용황락에서 지냈던 기간이 칠십이 년쯤 되는 것 같아요."

그녀는 꿈속 용황락에서의 세월을 그냥 무심히 보냈던 것이 아니라 일일이 계산을 했다.

"그런 계산법으로 봤을 때 소녀가 기억하지 못하는 기간, 즉 태어나서 네 살 늦봄까지를 구 년으로 추정할 수 있을 것 같아요."

기억하는 기간과 기억을 하지 못하는 두 기간을 합하면 팔십일 년이다.

즉, 옥봉이 꿈속에서 보낸 추정 나이는 팔십일 세다.

십절무황 화운룡이 우화등선을 할 당시의 나이가 팔십사 세였으며, 옥봉이 꿈속 용황락에서 함께 생활했던 화운룡의 나이 또한 그 정도였다.

다시 말하면 팔십사 세의 화운룡과 정신연령이 팔십일 세인 옥봉은 나이 차이가 삼 년이다. 현실에서의 나이 차이가 똑같다는 것이다.

"그리고……"

옥봉은 화운룡의 손을 자신의 뺨에 댔다.

"왕부에서 용공을 실제로 만난 이후 소녀는 용황락의 꿈을 한 번도 꾸지 않았어요."

"그랬나?"

"꿈이 현실로 이루어졌기 때문인 것 같아요."

옥봉만이 아니라 화운룡의 꿈도 이루어졌다.

"소녀의 소원은 지금처럼 용공과 함께 죽을 때까지 백년해로하는 거예요."

화운룡은 손바닥에 촉촉한 물기를 느꼈다.

"나도 그렇다, 봉애."

그는 이제부터 이 총명하고 아름다운 소녀하고의 혼인이나 사랑에 대해서 더 이상 부끄러워하지 않겠다고 다짐했다.

*   *   *

묘시(새벽 6시경)가 되기도 전에 전중이 조심스럽게 화운룡을 깨웠다.

"주군, 일어나십시오."

원래 화운룡은 인시(새벽 4시경)가 조금 지나면 일어나서 새벽 검법 수련을 하는데 지난밤에는 옥봉하고 늦도록 얘기를 나누느라 깨어나지 못했다.

"막화가 왔습니다."

막화는 좋은 일로 화운룡을 찾아오지 않는다.

그렇지만 화운룡으로서는 좋은 일, 나쁜 일을 가려서 받을 수는 없다.

"데려와라."

그는 서둘러 일어나 잠옷 차림으로 나갔다.

막화는 극도로 초조한 표정으로 들어오자마자 급히 말했다.

"태사해문 태주지부가 통천방 태주분타를 급습했습니다."

화운룡의 안색이 가볍게 변했다.

이것은 예상 밖의 전개다.

통천방에 대해서는 더 말할 필요도 없을 정도로 강소성 제일의 대방파다.

당금 무림을 지배하고 있는 춘추구패 중에 하나이며 비록 소삼패라고는 하지만 태극신궁과 사해검문, 그리고 이십삼 개의 중소방파와 문파들이 연합한 태사해문 정도가 함부로 침범할 수 없는 절대강자인 것이다.

약자는 강자를 공격하지 못한다는 것은 불변의 법칙이다. 그런데 그것이 깨졌다.

장하문도 연락을 받고 운룡재 이 층에서 달려 내려왔다.

"통천방 태주분타는 전멸했습니다. 제가 알기로는 단 한 명의 생존자도 없습니다."

통천방 태주분타의 전신(前身)은 태주현의 소문파인 취영문이었다. 해남비룡문이 추천을 하고 자금력으로 강력하게 밀어서 태주분타를 만들었다.

태주분타는 분타원을 보강하여 총 백이십 명으로 업무를 시작했다. 그런데 태사해문에 의해서 하룻밤 새에 단 한 명의 생존자도 남기지 못하고 전멸했다는 것이다.

잠이 완전히 달아난 장하문이 물었다.

"태사해문 태주지부 병력은 어느 정도였는지 아나?"

"삼십여 명이었다고 합니다."

"삼십여 명?"

장하문은 화운룡을 쳐다보았다. 두 사람은 단지 쳐다보는 것만으로 의견이 일치했다.

막화가 계속 보고했다.

"태사해문 태주지부는……."

"일체 움직이지 않았겠지."

장하문의 말에 막화는 움찔 놀라는 표정을 지었다.

"어떻게 알았습니까?"

장하문은 대답하지 않고 화운룡에게 말했다.

"통천방에 대한 정면 도전입니다."

"그렇군."

화운룡과 장하문은 태사해문 태주지부가 통천방 태주분타를 전멸시킨 것이 아니라 태사해문 본 문에서 비밀리에 일류고수 삼십여 명을 파견했을 것이라고 꿰뚫어 보았다.

태사해문은 통천방 태주분타를 용납하지 않았다. 그래서 깡그리 몰살시켰다.

"자네, 통천방 태주분타를 습격한 자들이 어디에 있는지는 모르겠지?"

당연하다는 듯한 장하문의 물음에 뜻밖에도 막화는 공손히 고개를 숙였다.

"압니다."

"안다고?"

"네. 그들은 현재 태주현 외곽 대백하(大白河)의 추선장(秋扇莊)에 있습니다."

장하문은 신통하다는 표정을 지었다.

"그걸 어떻게 알았지?"

화운룡이 장하문의 어깨를 두드렸다.

"자네 막화를 우습게 보면 안 돼."

"아… 그렇군요."

장하문이 막화에게 물었다.

"자네들 전서구를 사용하나?"

"그렇습니다."

"그렇다면 앞으로는 우리에게도 전서구로 알려주게."

"알겠습니다."

"그리고 추선장에 있다는 고수들을 철저히 감시해 주게."

"그러겠습니다. 더 하실 말씀은."

할 말이 없는 장하문이 쳐다보자 화운룡은 뭔가 생각하는 얼굴로 말했다.

"너 그들이 태사해문 고수라는 사실을 어떻게 알았느냐?"

"태사해문 태주지부에서 두 명이 길잡이를 했습니다. 그리고 그 두 명이 기다렸다가 통천방 태주분타가 몰살한 직후에 그들을 추선장으로 안내했습니다."

"흠, 그러면 그 두 명의 얼굴을 기억하느냐?"

"물론입니다. 그 두 명은 태사해문 태주지부의 분당주(分堂主)입니다."

*　　　　　*　　　　　*

막화가 물러간 후에 화운룡과 장하문은 서재에 마주 앉았다.

"통천방에서는 태주분타를 몰살시킨 것이 태사해문이라는 사실을 짐작하게 될 것입니다. 그렇지만 증거가 없어서 공개적인 복수는 못 하겠지요."

화운룡은 고개를 끄떡였다.

"그렇다고 해도 통천방은 복수할 거야."

무림의 속성이나 생리, 돌아가는 사성에 대해서는 손바닥을 들여다보듯이 훤한 화운룡이다.

"그럴 테지만 태사해문은 그걸 각오했을까요?"

"못 했겠지. 그러니까 떳떳하게 공격하지 못하고 태사해문에서 은밀하게 파견한 고수들로 통천방 태주분타를 몰살시킨 것일 테니까. 태사해문은 증거만 남기지 않으면 얼마든지 발뺌을 할 수 있다고 생각했을 거야."

"어리숙하군요."

태사해문은 조급했으며 또한 일 처리가 미숙했다.

만약 장하문이 태극신궁의 책사로 계속 있었다면 일을 그 따위로 처리하지는 않았을 것이다.

"머지않아서 태주현은 전쟁터가 될 거야."

"본 문 이전을 서두를까요?"

"그래야겠어."

화운룡이 일어나는데 장하문이 말했다.

"조만간 태사해문이 본 문에 찾아올 겁니다."

화운룡은 고개를 끄덕였다.

"태사해문은 통친빙에 정년 도전을 했을 정도니까 다시 찾아온다면 좋은 말로는 하지 않을 거야. 대비하는 게 좋겠어."

호랑이 태사해문이 토끼 같은 해남비룡문에 다시 찾아온다면 이번에는 발톱을 드러낼 것이다.

그러면 해남비룡문으로서는 어떻게 손써볼 방법이 없다. 그런데도 화운룡은 거기에 대비하라고 지시했다.

"알겠습니다."

장하문은 서재를 나가는 화운룡에게 공손히 허리를 굽혔다.

화운룡은 아침 식사 때까지 남은 반 시진 동안 검법 연마를 하려고 연공실로 향하던 중에 뜻밖의 광경을 목격했다.

운룡재 내의 자질구레한 물건들을 넣어두는 실내 창고 안에서 투닥거리는 소리가 흘러나와서 살짝 문을 열고 들여다보았더니 뜻밖에도 감도도가 검법 수련을 하고 있었다.

잡다한 물건들이 쌓여 있는 안쪽 구석에서 감도도가 두 손으로 목검을 움켜쥐고 땀을 뻘뻘 흘리면서 어디에서 구했는지 모를 거무튀튀한 목인을 두드리고 있었다.

타탁! 탁탁!

"하앗! 학! 학!"

언제부터 검법 수련을 하기 시작했는지 모르지만 뒤로 질
끈 묶은 머리카락에서 종아리를 내놓을 만큼 짧은 데다 하체
에 딱 달라붙는 바지까지 땀에 흠뻑·젖었으며, 움직일 때마다
그녀 몸에서 김이 무럭무럭 뿜어졌다.

화우룡은 창고 안쪽으로 몇 걸음 들어온 곳에 멈춰서 물끄
러미 그 광경을 지켜보았다.

화운룡이 보기에 감도도의 검술 실력은 썩 괜찮은 편이다.

전중과 숙빈은 비슷한 실력인데 감도도는 그보다 한 수 정
도 아래다.

배운 검법이 진검문의 진환검격술이라서 그렇지 비룡운검
을 배운다면 달라질 것이다.

또한 감도도의 검을 휘두르는 자세는 매우 빠르고 정확하
며 군더더기 없이 깔끔했다.

아침 식사 후에 화운룡은 한 시진 동안 청룡전광검을 연마
하고 나서 운공조식을 했다.

공력이 일 년 회복되어 도합 팔 년이 됐다.

"허허……."

공력이 찔끔찔끔 일 년씩 회복되는 과정을 지켜보는 게 어쩐지 웃음이 났다.

예전 육십사 년 전에 무극사신공을 처음 연공하던 시절에는 공력 증진 속도가 너무 더뎌서 조바심이 났었는데 지금은 지나칠 정도로 태평하다.

그때는 가문의 복수라는 절박한 목적 때문이었지만 지금은 누굴 죽이거나 이루어야 하는 뚜렷한 목적이 없으니까 마음만큼은 편하다.

"저어……."

그때 연공실 문 쪽에서 조심스러운 목소리가 들렸다.

그가 쳐다보니까 하녀 복장의 감도도가 문을 반쯤 열고 문밖에 서서 쭈뼛거리고 있었다.

그처럼 도도하고 하늘 높은 줄 모르던 감도도였지만 하녀 생활 두 달여 만에 기가 팍 죽었다.

"들어와라."

그가 고개를 끄떡이자 감도도는 두 손을 앞에 모으고 주춤거리면서 안으로 들어왔다.

감도도가 옆에 서 있는데도 그는 바닥에 가부좌로 앉은 채 눈을 감고 호흡을 정리했다.

아까 그는 감도도가 창고에서 검법을 수련하는 것을 보고는 아침 식사 한 시진 후에 연공실로 감도도를 보내라고 소랑에게 말해두었다.

감도도는 다소곳이 서서 묵묵히 화운룡을 바라보았다.

무엇 때문에 그가 갑자기 그녀를 부른 것인지 짐작 가는
게 전혀 없었다.

자신이 무얼 잘못한 것이 있는지 곰곰이 생각하던 그녀는
한 가지 께름칙한 것이 생각나서 금세 마음이 어두워졌다.

어쩌면 그녀가 이른 아침에 실내 창고 안에서 남몰래 검술
을 수련하는 광경을 들켰는지도 모른다.

하녀 주제에 무슨 검술 수련이냐면서 호통이라도 치면 뭐라
고 대답할 것인지 그녀는 입술이 바싹 탔다.

그녀는 무공, 그것도 검술 수련을 세상에서 제일 좋아한다.
더구나 지금처럼 힘겨운 하녀 생활을 하고 있을 때 그녀를 위
로해 주는 것은 오로지 목검에 온 정신을 집중한 채 죽을 둥
살 둥 검법 수련을 하는 것이다.

그때 연공실 문이 활짝 열리며 화운룡의 셋째 누이동생 화
지연이 나비처럼 팔랑거리면서 들어왔다.

"오라버니, 저 왔어요!"

화지연은 매일 오전에 운룡재 연공실에서 화운룡에게 검법
을 배우고 있었다.

화운룡이 북경에 다녀오는 동안 검법의 진도가 나가지 않
아서 허구한 날 예전에 배웠던 초식만 연습한 덕분에 그 부분

만큼은 신의 경지에 올랐다고 떠드는 그녀다.

화운룡은 일어나면서 감도도에게 말했다.

"준비해라."

"무… 엇을……."

화지연이 화운룡에게 검법을 개인 지도 받는다는 사실은 지켜봐서 알고 있지만 도대체 무엇을 준비하라는 것인지 감도도는 머릿속이 하얘졌다.

"오늘부터 너도 연아하고 같이 내게 검법을 배울 것이다."

"……."

"목검 쥐고 연아하고 나란히 서라."

"저… 저는……."

감도도는 뭐가 어떻게 돌아가는 것인지 정신을 차릴 수가 없어서 말도 못 하고 더듬거렸다.

화지연이 감도도를 보며 크게 기뻐했다.

"오늘부터 언니하고 같이 배우는 거야? 와앗! 정말 기뻐!"

감도도는 화들짝 놀라며 물러섰다.

"언니라니……."

화지연이 대뜸 물었다.

"몇 살이야?"

"열여덟 살이에요."

"나는 열여섯 살이니까 언니잖아."

자신은 하찮은 하녀일 뿐인데 하늘 같은 소문주가 언니라고 부르다니 기절할 일이다.

감도도는 진검문 소문주 시절에 하인이나 하녀들에게 호되게 구는 것으로 유명했다.

감도도는 좋아서 팔짝거리는 화지연을 보다가 화운룡을 바라보았다.

화운룡은 감도도에게 목검을 내밀었다.

"너도 비룡운검을 배울 것이다."

"저… 는 일을 해야 하는데……."

"오전에 한 시진 배우는 것이니까 그 시각은 일을 하지 않아도 된다."

"……."

"배운 것을 틈틈이 부지런히 연마해서 연아를 앞지르면 상을 주겠다."

감도도는 온화하게 미소 짓는 화운룡을 바라보는데 어째서 눈물이 자꾸만 흐르는 것인지 모를 일이다.

그날 정오가 거의 다 될 무렵에 태사해문 태주지부주가 해남비룡문을 방문했다.

사해검문 때부터 태사해문이 된 지금까지 그들은 해남비룡문에 끈질기게 집착했다.

명목상의 해남비룡문주인 화명승은 해룡상단 일로 동태하 해릉 포구에 나가 있어서 화운룡이 태주지부주를 맞이해야 하는 상황이었다.

　그렇지만 화운룡은 해남비룡문에 없다. 옥봉을 데리고 유 람을 나갔기 때문이다.

　다각다각.

　화운룡은 마상의 앞에 옥봉을 앉히고 거리를 천천히 걸어 가고 그 뒤에 역시 말을 탄 전중이 따랐다.

　태주현 내에서만큼은 화운룡이라는 존재가 지나치게 유명 한 탓에 걸어서 가면 성가신 일들이 생길까 봐 말을 탔다.

　그런데 괜한 염려를 한 것 같았다. 태주현의 건달이나 하오 배들은 화운룡을 발견해도 힐끔거리면서 눈치만 볼 뿐이지 일 체 알은척을 하지 못했다.

　개망나니 잡룡이었던 화운룡이 어느 날 건달들에게 납치돼 서 죽다가 살아난 이후부터 사람이 돌변해서 맹룡(猛龍)이 됐 다는 소문이 파다하기 때문이었다.

　실제로 그는 자신을 납치했던 건달 세 명을 찾아내서 자신 의 손으로 직접 죽였다.

　그런가 하면 태주현 최고의 인기 절정 쾌남아였던 진검문 의 소문주 진검위룡 감중기와의 일대일 대결에서 승리하여 내기로 걸었던 진검문을 해남비룡문으로 흡수하고 소문주 감도도를 하녀로 거두는 대파란을 일으켰다.

뿐만 아니라 녹림구련 중 하나인 창혼부의 습격으로부터 해남비룡문을 지켜냈으며, 이후 역시 녹림구련의 하나인 철사보의 습격을 미리 알아차리고 도리어 역습을 하여 완전히 멸문시켜 버렸다.

그 모든 것을 해낸 사람이 바로 화운룡이었으니 이제 태주현에서 더 이상 그를 개망나니이며 잡룡이라고 손가락질하는 사람은 없었다.

건달이나 하오배들은 화운룡을 슬슬 피했지만 선량한 주민들은 훈훈한 미소를 지으면서 그에게 허리를 굽히거나 고개를 숙이며 예를 갖추었고, 철모르는 아이들까지 손을 흔들면서 알은척을 했다.

산뜻한 백의 경장 차림에 어깨에는 한 자루 장검까지 메고 있는 화운룡의 모습은 어디 한 군데 흠잡을 데라고는 없는 준수한 미장부다.

옥봉은 주민들이 화운룡에게 공손히 인사하고 아이들이 손을 흔드는 모습을 보며 화사하게 미소 지었다.

"용공께선 태주현에서 무척 큰 존경을 받는 것 같아요."

화운룡은 빙그레 웃었다.

"내가 말하지 않았었나? 예전의 나는 개망나니였다고?"

"개망나니가 이렇게 존경받는 사람이 됐으니까 그게 더 훌륭하지 않은가요?"

"봉애 눈에는 내가 무얼 해도 훌륭하지 않겠어?"

"정답이에요."

화운룡은 태주현을 가로지르는 몇 개의 강들 중에서 당하(塘河)로 향했다.

미리 연락을 받은 선부(船夫)들이 해룡상단 소유인 아담한 크기의 유람선을 대기해 놓았다.

"어디로 모실까요?"

유람선에 오른 화운룡에게 선장이 공손히 물었다.

"장강으로 가세."

길이 칠 장, 폭 일 장 반, 삼 층의 선실과 누각이 있는 유람선은 돛을 펼치고 새파랗게 맑은 당하의 강물을 따라 장강으로 향했다.

때는 초여름인 유월이므로 따스한 양광이 천지에 만연했다.

화운룡과 옥봉은 선실 삼 층 누각에 나란히 앉아서 아름다운 강상과 주변의 풍경을 구경했다.

"아아… 정말 아름다운 풍경이에요."

옥봉은 주위를 둘러보면서 연신 감탄을 터뜨리기 바빴다.

유람선이 태주현을 벗어나 드넓게 펼쳐진 들판 사이로 유유히 흘러갔다.

화운룡은 몸을 뒤로 젖히고 눕듯이 앉아서 눈을 반개했다.

"좋구나."

"그렇죠?"

옥봉이 그에게 쓰러지듯 기대어 왔다.

화운룡은 이대로 아무 일 없이 죽을 때까지 살면 그게 행복일 것이라는 생각이 들었다.

그런데 평범하게 사는 것도 그리 녹록하지 않은 것 같다.

장강이 가까워지자 하녀들이 누각으로 요리를 가져와서 두 사람 앞에 낮은 탁자를 놓고 거기에 차렸다.

푸드득…….

화운룡과 옥봉이 점심 식사를 하고 있을 때 하늘에서 전서구 한 마리가 하강하여 누각의 난간에 내려앉았다.

전중이 해남비룡문에서 보낸 전서구의 발목에 묶인 작은 대롱에서 서찰을 뽑아 화운룡에게 주었다.

서찰은 장하문이 직접 쓴 것이다.

(태사해문 태주지부주가 매월 은자 오만 냥을 상납하면 태주현 인근은 물론이고 남경까지 상권을 열어주고 본 문과 해룡상단

의 안전을 책임지겠다고 했습니다.

물론 요구를 거절했습니다.

태주지부주는 말없이 돌아갔습니다.)

태사해문 태주지부주가 해남비룡문에 다녀간 것에 대한 보고 내용이다.

그들이 매월 은자 오만 냥을 요구했다는 것은 마침내 발톱을 드러냈다는 뜻이다.

지금까지는 해남비룡문을 태사해문의 태주분타로 삼는 대신에 여러 가지 이득을 주겠다면서 구밀복검(口蜜腹劍) 달콤한 말 속에 칼을 감추고 있었다.

그러나 이제 와서 노골적으로 돈을 요구하는 것은 그들의 원래 목적이 돈이었다는 뜻이다. 이제는 달콤한 말로 달랠 시기가 지났다는 뜻이기도 하다.

또한 그들이 아무 말도 하지 않고 순순히 돌아갔다는 사실에 유의해야 한다.

예전에는 해남비룡문에 와서도, 그리고 돌아갈 때에도 말이 많고 시끄러웠다.

이러면 곤란하다는 둥 이것으로 끝나지 않겠다는 둥 협박과 회유가 난무했다.

원래 정말 뜨거운 물에서는 김이 나지 않는 법이다.

그러니까 태사해문이 협박과 경고를 전혀 하지 않고 돌아 갔다면 다음에는 정말 강수를 두겠다는 뜻으로 해석해야 한 다.

장하문도 그걸 짐작하기에 거기에 대해서는 한마디도 하지 않고, 그들이 무슨 말을 했으며 자신이 어떻게 대답했는지에 대해서만 적어서 보냈다.

태사해문은 해남비룡문더러 매월 은자 오만 냥을 달라고 요구했다.

엄밀하게 말하자면 그것은 상납하라는 것이다. 그러면 해남 비룡문을 건드리지 않겠다는 얘기다.

이권을 챙겨주고 안전을 보장하겠다는 얘기는 다 개소리였 다. 목적은 오로지 돈이다.

그들의 말이 정말이라면 화운룡은 매월 은자 오만 냥을 내 고서라도 평화롭게 살고 싶은 게 솔직한 심정이다.

평화의 가격이 매월 은자 오만 냥이라면 비싸기는 하지만 그럴 만한 가치가 있으며 그에겐 그럴 능력이 있었다.

장하문이 해남비룡문에 온 이후 그의 탁월한 수완 덕택에 해룡상단은 상권을 비약적으로 발전시켜서 예전에 비해 규모 가 배 이상 커졌으며, 수익은 세 배 가까이 늘어 매월 은자 오 십만 냥을 벌어들이고 있었다.

그로 인해서 해룡상단은 태주현 인근 백여 리 내에서는 가장 큰 상단이 되었다. 그것은 가장 큰 먹잇감이 됐다는 뜻이기도 하다.

어쨌든 그렇기 때문에 매월 은자 오만 냥씩 태사해문에 준다고 해도 큰 부담이 아니다.

문제는 그게 아니다. 일단 오만 냥을 주기로 하면 태사해문이 그것으로 만족을 못 한다는 것이다.

온갖 풍상을 다 겪어본 화운룡은 인간들의 더럽고 야비한 속성을 누구보다도 잘 알고 있다.

더구나 태사해문 같은 대문파가 자신의 세력권 내에 있는 알토란 같은 상단으로부터 어떤 수작을 부려서 돈을 갈취하는지 수없이 봐왔다.

태사해문이 지금은 은자 오만 냥을 요구하지만 그걸 수락하면 오래지 않아서 십만 냥을 내놓으라고 할 것이다.

그럼 지금하고 똑같은 상황이 될 터이고 십만 냥을 줄 것이냐, 말 것이냐 양단간의 결정을 해야만 한다.

그래서 결국 십만 냥을 주게 된다면 그들은 또 얼마 지나지 않아서 더 큰 액수를 요구하기를 계속 반복하게 될 것이다.

그러다가 종국에는 이쪽이 상납금을 이기지 못하고 망해서 쓰러져야지만 손을 떼고 물러난다.

태사해문은 통천방에 정면으로 도전할 만큼 세력이 커졌으며 앞으로 눈덩이처럼 세력을 넓혀갈 것이므로 밑 빠진 독에

물 붓기식으로 돈이 필요하게 될 것이다.

그러니까 절대로 해남비룡문에서 손을 떼지 못한다.

조금 전에 화운룡은 옥봉하고 따사로운 양광을 쏘이면서 이대로만 평화롭게 살 수 있기를 원했는데 그것이 반 시진을 넘기지 못하고 깨져 버렸다.

"주군."

그때 옆쪽 난간에 서 있던 전중이 그를 불렀다.

"저 배가 수상합니다."

골똘히 생각에 잠겼던 화운룡은 번쩍 정신을 치리는 순간 그가 탄 유람선을 향해 정면에서 곧장 다가오는 검은 배 한 척을 발견했다.

第三章
건드리면 혼난다

다가오는 배는 아담하고 날렵한 선체에 돛이 세 개나 달린 유엽선(柳葉船), 즉 쾌속선이다.

원래 속도가 빠른 유엽선은 군선(軍船)으로 개발되었다. 그것을 약탈을 일삼는 수적(水賊)이나 녹림 무리들이 공격선으로 개량하여 사용하고 있다.

오 장까지 접근하고 있는 유엽선에는 도를 쥐고 있는 경장인 십여 명이 타고 있으며 화운룡 쪽을 쏘아보고 있는데 그런 모습을 감추려고 들지도 않았다.

화운룡을 표적으로 삼는 것이 분명하다.

그는 재빨리 주위를 둘러보았다.

만약 근처에 유엽선이 더 없다면 저놈들은 대낮에 유람선을 약탈하려는 간 큰 수적일 테지만 유엽선이 더 있다면 다른 의도가 있는 것이다.

그런데 유엽선 두 대가 더 있으며 그것도 뒤쪽이다. 그것들은 화운룡의 유람선을 지나쳤다가 퇴로를 차단했다. 그것들까지 세 대의 유엽선이 포위한 채 빠르게 유람선으로 접근하고 있었다.

한 척이 아닌 세 척의 유엽선, 그리고 삼십여 명의 녹림 무리라면 이것은 평범한 유람선 약탈이 아니다.

저놈들은 철사보의 세력과 영역을 이어받았다는 귀풍채 놈들일 가능성이 크다.

필경 저놈들 한 패가 태주현에 있다가 화운룡이 당하에서 유람선에 타고 장강으로 향하는 것을 지켜보고는 즉시 같은 패거리에게 전서구로 알려야지만 가능한 일인데 그러는 것은 전혀 녹림답지 않았다.

원래 녹림은 이렇게 치밀하지 않다.

그런데 화운룡이 더 생각하기도 전에 세 척의 유엽선이 세 방향에서 유람선에 부딪치며 삼십여 명이 일제히 나는 듯이 유람선으로 뛰어 올라왔다.

"음……."

화운룡은 눈살을 찌푸렸다. 그와 전중 둘만으로 저들 삼십여 명을 상대하는 것은 절대 불리하다.

둘이서 저들 십여 명 정도면 어떻게 해보겠지만 삼십여 명은 너무 많았다. 그런데 보호해야 할 옥봉까지 있으므로 이것은 최악의 상황이다.

"봉애, 업혀라."

옥봉은 세 척의 유엽선에서 수십 명의 괴한이 유람선으로 뛰어드는 광경을 봤으므로 상황을 짐작하고는 즉시 화운룡의 등에 업혔다.

전중이 누각으로 오르는 계단 위쪽에 우뚝 서서 염려 어린 표정으로 화운룡을 돌아보았다.

"주군, 조심하십시오."

화운룡은 자신의 목에 꼭 매달려 있는 옥봉의 엉덩이를 왼손으로 받치고 오른손의 장검을 힘주어 잡으면서 날카롭게 주위를 둘러보며 경계했다.

"흐악!"

그런데 누각 아래쪽에서 사내의 묵직한 비명 소리가 터졌다.

화운룡은 녹림 무리들이 유람선의 선부를 죽였을 것이라고 짐작하면서 비명이 들려온 방향을 쳐다보았다.

그런데 그게 아니다. 그가 짐작했던 것의 반대로 한 선부가 녹림인의 심장을 찔렀던 검을 뽑고 있었다.

선부는 검을 뽑는 동작을 매끄럽게 이어서 옆에 있던 다른 녹림인의 목을 찔렀다.

"끄윽……."

쾌속하고도 깔끔한 솜씨다.

'신영진검!'

화운룡은 선부의 솜씨를 보는 즉시 그것이 신영루의 신영진검이라는 사실을 알아차렸다.

그렇다면 녹림인들을 죽이고 있는 저 선부는 혈영단의 혈영살수가 분명했다.

'운설……'

화운룡은 혈영단주 운설이 수하, 즉 혈영살수에게 화운룡을 암중에서 호위하라고 지시했다는 사실을 깨달았다.

화운룡이 예전부터 알고 있는 운설의 성격으로는 충분히 그러고도 남았다.

그런데 녹림 무리를 죽이고 있는 선부가 두 명이다. 원래 이 유람선에는 선장 한 명과 선부 두 명이 있었는데 선부 두 명이 혈영살수가 변장한 것이었다.

두 명의 혈영살수가 유람선의 양쪽에서 녹림 무리를 일방적으로 주살하자 그들은 화운룡이 있는 누각으로는 아예 올라올 엄두를 내지 못했다.

"흐아악!"

"크윽!"

애초에 무림 사상 최강의 혈영살수와 무림에도 들지 못하는 녹림 무리의 싸움이라는 것은 이루어질 수가 없다.

아마 혈영살수 한 명으로도 저들 녹림 무리 삼십여 명을 모두 죽이는 데 일각도 걸리지 않을 터이다.

두 명의 혈영살수는 가을 들판에 추수하듯이 녹림 무리들을 마구잡이로 주살, 아니, 도륙했다.

혈영살수들은 성확하게 녹림 무리의 심장이나 비간, 목을 찔러서 즉사시켰다.

애처로운 비명 소리가 난무했고 녹림 무리는 제대로 반격조차 하지 못하며 죽어갔다.

혈영살수들은 구태여 신영진검을 전개하지 않고서도 하찮은 녹림 무리들을 주살할 수가 있다.

하지만 어려서부터 신영진검을 익혔던 터라서 검을 휘두르는 중에 신영진검의 초식과 변화가 간간이 섞여서 나왔고 그것을 화운룡이 알아본 것이다.

급기야 녹림 무리는 자신들의 상대가 살신(殺神)이라는 사실을 깨닫고 각자의 유엽선으로 도망치기 시작했다.

그때는 이미 절반 이상이 죽은 후이지만 도망치는 것도 쉽지가 않았다.

화운룡이 혈영살수들에게 명령했다.

"다 죽이되 우두머리는 살려라."

그는 옥봉을 의자에 앉혀주고 자신은 그 옆에 앉았다.

그런데 그는 옥봉이 눈을 감은 채 조그맣고 여린 몸을 바들바들 떨고 있는 것을 보았다.

"봉애."

그는 사람들이 저처럼 무참히 죽는 광경을 처음 본 옥봉이 겁에 질렸다는 사실을 깨닫고 가만히 품에 안았다.

그렇지만 옥봉은 그의 품에 안겨서 가련하게 몸을 떨면서도 아무 말을 하지 않았다.

자신이 격한 반응을 보여서 화운룡에게 폐가 될까 봐 무서움을 참고 있었다.

옥봉은 꿈속에서 화운룡과 팔십일 년을 살았다고 하지만 현실에서는 그저 십칠 세짜리 어린 소녀일 뿐이었다.

두 명의 혈영살수는 녹림 무리를 정확하게 삼십이 명을 죽이고 단 한 명 우두머리를 생포했다.

화운룡은 선실 일 층 바닥에 마혈이 제압되어 꿇어앉혀진 녹림 무리 우두머리 앞에 섰다.

"전중, 봉애를 데리고 나가라."

그는 옥봉에게 더 이상 잔인한 광경을 보이고 싶지 않았다.

"괜찮아요. 저는 용공 곁에 있겠어요."

우두머리를 문초하게 되면 고문을 하는 광경을 보일 수도 있는데 옥봉은 그걸 보고 견디겠다는 것이다.

화운룡하고 함께 살아가자면 그런 것을 극복해야 한다고 판단한 옥봉이다.

하지만 옥봉 면전에서 잔인한 장면은 나오지 않았다. 우두 머리는 묻는 대로 응구첩대(應□輒對) 줄줄 실토했다.

실토 결과 화운룡의 추측은 절반만 맞았다.

누군가 해남비룡문을 감시하고 있다가 화운룡이 당하에서 유람선에 타고 하류로 내려갔다는 사실을 전서구로 녹림 무리 에게 알린 것이다.

유람선을 공격한 녹림 무리는 귀풍채로 밝혀졌다.

철사보를 이어받은 귀풍채는 호시탐탐 해남비룡문을 노렸 지만 태주현에 태사해문 태주지부와 통천방 태주분타가 버티 고 있기 때문에 태주현에는 얼씬도 할 수가 없었다.

그러고 있을 때 태사해문 태주지부에서 귀풍채에 모종의 접 촉이 왔다.

해남비룡문 소문주 화운룡을 죽이거나 제압하는 것을 귀 풍채가 도와주면 태사해문이 해남비룡문을 손에 넣게 될 때 귀풍채에도 그에 따른 응분의 이득을 주겠다는 내용이다.

태사해문은 귀풍채가 해남비룡문을 노리고 있다는 사실을

적절하게 이용한 것이다.

하지만 태사해문은 자신들이 꾸민 음모의 비밀을 지키기 위해서 추호의 노력도 하지 않았다.

만약 화운룡이 유람선을 습격한 삼십삼 명의 귀풍채 수하 중에 아무나 제압해서 닦달하면 태사해문의 음모를 쉽게 알아낼 수 있을 텐데도 그것을 지키기 위한 아무런 대책도 세우지 않았으니 허술하기 짝이 없었다. 아니, 그건 비밀도 뭣도 아니었다.

그 정도로 태사해문은 해남비룡문을 별것 아닌 잡동사니로 여겼던 것이다.

화운룡은 유람을 취소하고 뱃머리를 태주현으로 돌렸다.

유람을 할 마음이 사라지기도 했지만 장강은 귀풍채의 앞마당 같은 곳인데 거기까지 갔다가 무슨 일이 생길지 장담할수 없기 때문이다.

그는 옥봉과 함께 삼 층 누각에 앉았지만 아까 같은 분위기는 아니었다.

그는 선부 복장을 하고 있는 혈영살수 한 명을 누각으로 불러서 얘기를 나누었다.

"운설이 시켰느냐?"

화운룡이 묻자 혈영살수의 얼굴이 굳어졌다. 그는 화운룡과 단주인 설운설의 관계에 대해서 아무것도 모르기 때문에 화운룡이 대뜸 '운설'이라고 하니까 반사적으로 기분이 나빠진 것이다.

화운룡은 혈영살수의 내심을 짐작하고 말을 바꾸었다.

"나를 지키라고 단주가 시켰느냐?"

호칭을 '운설'에서 '단주'로 바꿔 불렀다. 혈영살수에게 내가 너희 단주를 '운설'이라고 막 부르는 사람이라는 걸 뻐겨봤자 쓸데없는 일이다.

"그렇소."

"내 주위에 혈영살수가 몇 명 있느냐?"

"둘이오."

"고맙다. 덕분에 살았다."

그가 치하하자 혈영살수는 뜻밖이라는 듯한 표정이더니 곧 본래의 무심함으로 돌아갔다.

그의 말은 그저 공치사가 아니다. 두 명의 혈영살수가 아니었으면 그와 옥봉, 전중은 귀풍채 졸개 삼십여 명에게 죽거나 제압당했을 것이다.

그리고 해남비룡문의 가족들은 모두 죽거나 그와 비슷한 처지에 처하게 될 터이다.

절정고수의 칼이든 녹림 무리의 칼이든 똑같이 사람을 죽일 수가 있다.

그러므로 상대가 절정고수였든 녹림 무리였든 목숨을 구함
받았으면 고마워하는 것이 정상이다.

화운룡은 혈영살수에게 더 묻지 않고 하던 일을 하라고 했
다.

태주현으로 돌아오는 길에 그는 깊은 생각에 잠겼다.

태사해문이 녹림구련 귀풍채의 손을 빌어서 화운룡을 죽이
거나 제압하려고 했던 일이 실패했다는 사실을 그들은 곧 알
게 될 것이다.

정파를 지향하는 태사해문이 목적을 위해서 녹림구련과 손
을 잡았다는 사실이 무림에 알려지면 그들의 명예는 땅바닥
에 떨어지게 된다.

그들은 귀풍채 수하 삼십여 명으로 화운룡을 충분히 죽일
수 있을 거라고 생각했을 것이다.

또한 귀풍채 수하 삼십이 명이 도리어 몰살당하고 우두머리
인 분채주(分寨主)가 제압당해서 화운룡에게 모든 사실을 털어
놓았다는 사실을 아직까지는 모르고 있었다.

나중에 귀풍채로부터 실패했다는 전갈을 받겠지만 자세한
내용은 여전히 알지 못했다.

태사해문은 자신들의 음모를 화운룡이 알게 되었다고 해도
크게 상관하지 않을 게 분명하다.

알아봤자 해남비룡문 따위가 뭘 어쩌겠느냐고 생각할 것이기 때문이다.

다만 음모가 실패했기 때문에 다음에는 태사해문의 체면 따위 생각하지 않고 초강수로 나올 게 분명하다.

즉, 자신들이 직접 해남비룡문을 응징하고 접수하는 것이다.

귀풍채의 습격을 받고 살아남은 화운룡이 일체 대응하지 않고 가만히 있다고 해도 태사해문이 초강수로 나오는 것은 달라지지 않을 것이나.

이래도 저래도 피할 수 없는 일이라면 화운룡이 선택할 수 있는 방법은 하나뿐이다.

선수를 친다.

나 자신과 옥봉, 그리고 가족을 위해서…….

화운룡이 운룡재에서 장하문과 함께 태사해문에 대한 대응책을 짜고 있을 때 누군가의 전음이 전해졌다.

[정현왕 가솔들을 구해서 흥화(興化)에 이르렀소.]

장하문과 마주 앉아 있던 화운룡은 조용히 말했다.

"모습을 보이고 말해라."

장하문은 화운룡이 대화 중에 갑자기 이상한 말을 하자 혈영살수가 그에게 전음을 보낸 사실을 즉시 알아차렸다.

화운룡은 장하문에게 당하에서 장강으로 가는 길에 유람선에서 귀풍채의 습격을 받았으며 혈영살수들이 구해주었다는 사실을 오자마자 말해주었다.

화운룡은 장하문을 군사이기 전에 친구로 여기기 때문에 그에게는 숨기는 것이 없다.

잠시 조용하더니 마주 앉아 있는 화운룡과 장하문 옆에 유령처럼 혈영살수가 나타났다.

그는 혈영살수의 본래 복장인 핏빛 혈의가 아닌 평범한 흑의 경장을 입고 있다.

"정현왕께선 육로로 오시느냐?"

"그렇소."

그는 유람선에서 화운룡과 대화했던 혈영살수다.

"몇 명이더냐?"

"삼십칠 명이오."

예상보다는 적은 수다.

"너 이름이 뭐냐?"

어린 화운룡이 삼십오륙 세로 보이는 혈영살수에게 거침없이 하대를 하는데도 그는 전혀 불쾌한 표정을 짓지 않았다. 수양이 깊다는 뜻이다.

"사십팔영(影)이라고 부르시오."

"너는 정현왕 전하 일행에 대해서는 자세히 모르겠지?"

"그렇소."

화운룡은 장하문을 보았다.

"수로가 낫지 않겠나?"

"아무래도 그럴 겁니다."

"전하께서 홍화에 도착하셨다는군."

태주현에서 홍화현까지는 오십 리 거리다.

화운룡은 사십팔영에게 말했다.

"홍화에서 서쪽으로 십오 리만 가면 고우(高郵)다. 그곳에 배를 대기시킬 테니까 정현왕을 그쪽으로 모셔라."

장강에서 북경까지는 남북으로 대운하가 거의 직선으로 뚫려 있으며, 고우현 고우 포구 해룡상단의 전용 포구에는 크고 작은 배들이 여러 척 정박해 있다.

정현왕 일행이 육로로 남하할 경우에는 인원수가 많기 때문에 남의 눈에 띌 수밖에 없다. 그렇지만 고우 포구에서 일단 배를 타면 정현왕 일행이 편히 쉴 수 있으며 은밀하게 태주현까지 당도할 수 있다.

화운룡은 사십팔영에게 물었다.

"운설이 너희에게 내 명령을 들으라고 했느냐?"

"그렇소."

운설이 두 명의 혈영살수에게 화운룡을 호위하는 것은 물론이고 그의 명령에 따르라고 한 것이 다행이었다. 두 명의 혈영살수라면 요긴하게 사용할 곳이 있었다.

*   *   *

자정이 지난밤에 태사해문 태주지부 담을 넘는 수십 개의 검은 인영들이 있었다.

꽤 넓은 장원인 태주지부 내에는 경계를 서는 무사가 여섯 명 있었지만 잠깐 사이에 여섯 명 모두 귀신처럼 접근한 두 개의 검은 인영에게 마혈과 아혈이 제압당했다.

두 명의 혈영살수가 여섯 명을 제압하는 데는 채 열 호흡도 걸리지 않았다.

태주지부에 잠입한 검은 인영은 이십사 명이며 잠입하자마자 태주지부의 여러 전각으로 뿔뿔이 흩어졌다.

잠시 후에 태주지부 여기저기 전각에서 비명 소리와 무기끼리 부딪치는 소리가 몇 번 들렸지만 곧 잠잠해졌다.

화운룡은 어두운 담 아래에 혼자 서서 날카롭게 주변을 살폈다.

그는 오늘 밤 태주지부에 잠입한 검은 인영들 중에서 무공이 가장 약하기 때문에 그들이 행동하는 데 지장을 줄 것 같아서 은밀하게 숨어 있는 것이다.

태주지부에 잠입한 지 일각쯤 지났을 때 하나의 검은 인영이 그가 있는 곳으로 경공술을 전개하여 쏘아 왔다.

[주군.]

화운룡 앞에 내려선 사람은 장하문이다.

[끝났습니다. 저를 따라오십시오.]

말과 함께 장하문이 앞서고 화운룡이 뒤따랐다.

경공을 전개하던 장하문은 화운룡이 뛰어서 따라오는 것을 보고는 곧 신형을 멈추고 그를 기다렸다.

"다 처리했나?"

전음을 하지 못하는 화운룡이 달리면서 물었다.

"자고 있는 태주지부 백오십여 명의 혈도를 거의 제압했으며 지부주도 제압했습니다. 습격을 눈치채고 반항하는 자들이 있어서 십오 명을 죽였습니다."

"잘했다."

"혈영살수들이 절반 이상 했습니다."

화운룡은 태사해문 태주지부를 급습하기 위해 해남비룡문의 정예라고 할 수 있는 사람들을 선발해서 데리고 왔다.

장하문과 벽상, 전중, 총전주 감형언과 일곱 명의 전주, 그리고 여섯 개 전에서 각 두 명씩 선발했다.

일곱 명의 전주 중에는 새로 신설한 벽풍전의 전주, 즉 벽상의 부친 벽현립이 포함됐으며 그의 두 명의 동생이 공격대에 선발됐다.

태사해문 태주지부의 수하는 백오십여 명이나 되지만 자정이 넘은 시각이라서 모두 깊이 잠들어 있었기 때문에 제압하는 일은 어렵지 않았다.

그들은 태주헌에서 야밤에 자신들이 습격당할 것이라고는 추호도 짐작하지 못했다.

그런데 오늘 밤 허를 찔렸다.

태주지부가 두려운 이유는 뒤에 태사해문이 버티고 있기 때문이다.

그러나 화운룡이 태사해문과 대결하기로 결정한 이상 그들은 더 이상 두려운 존재가 아니었다.

장하문의 안내를 받아 지부주의 침실로 들어선 화운룡은 침실 바닥에 꿇어앉혀진 일남 일녀 앞으로 다가가 섰다.

혈영살수에 의해서 마혈이 제압된 두 사람은 지부주와 그의 아내였다.

화운룡을 한번 만난 적이 있는 지부주는 그를 알아보고 분노한 표정을 지으며 으르렁거렸다.

"화운룡, 네가 이러고도 살기를 바라느냐?"

실내에는 화운룡과 장하문, 전중, 벽상 네 사람이 서 있고 다른 사람들은 주위를 경계하고 있었다.

화운룡은 담담한 표정으로 지부주를 굽어보았다.

"자식이 있느냐?"

뜬금없는 물음에 지부주는 '어?' 하는 표정을 지었다가 일그러진 얼굴로 낮게 외쳤다.

"있다! 그러나 내 자식들은 남경에 있으므로 네놈이 머리카락 한 올 건드리지 못할 것이다!"

화운룡은 시종일관 조용히 말했다.

"네 아이가 집 밖에 나가서 놀다가 허구한 날 이웃집의 힘센 아이한테 얻어맞는다면 네 기분이 어떻겠느냐?"

"……"

"얻어맞는 이유는 하나다. 너희 집은 잘살고 힘센 아이네 집은 못산다는 것이다. 그래서 그 아이는 네 자식을 때려서 비싼 옷과 장난감과 맛있는 것들을 빼앗는다. 네 생각에 그게 정당하다고 보느냐?"

지부주는 화운룡이 어째서 지금 상황하고는 전혀 상관이 없는 얘기를 하는 것인지 알지 못하고 눈알만 이리저리 바쁘게 굴렸다.

그런데 겁먹은 표정의 지부주 아내가 기어드는 목소리로 조그맣게 말했다.

"이웃집 아이가 나쁜 거예요. 내 자식들이 잘못한 것도 없는데 왜 때리는 거죠?"

"이웃집 아이가 어째서 나쁘냐?"

"우리 집이나 내 자식은 그 집에 조금도 잘못한 것이 없는데 단지 잘산다는 이유만으로 무조건 때리는 것은 잘못이에요. 그 집이 못사는 것은 그 집 부모 탓이죠."

"그럴 땐 어떻게 해야 하느냐?"

"그 집 부모를 찾아가서 따져야죠."

"그런데도 말을 듣지 않는다면? 오히려 그 집 부모가 너희들을 때린다면 어쩌겠느냐?"

지부주 아내는 어이없다는 표정을 지었다.

"그런 말도 안 되는……."

"그런 상황에 너 같으면 어떻게 하겠느냐?"

"후안무치한 그 부모를 혼내줘야 합니다."

지부주 아내는 단호하게 대답했다.

"그렇다. 그래서 우리가 너희를 혼내주러 왔다."

"……."

"우리 해남비룡문은 너희 태사해문에 추호도 잘못한 것이 없는데도 불구하고 너희는 본 문에게서 돈을 빼앗으려는 목적으로 수차례 본 문을 괴롭히더니 급기야 귀풍채와 손을 잡고 나를 죽이려고 했다."

"……."

여태껏 꼬박꼬박 말 잘하던 지부주 아내는 입을 다물었다.

그제야 우화 같은 화운룡의 얘기를 알아들은 지부주는 벌레 씹은 얼굴로 변했다.

화운룡은 지부주의 무릎을 발끝으로 툭 건드렸다.

"말해봐라. 우리가 너희에게 무슨 잘못을 했느냐?"

"……"

"왜 나를 죽이려고 했느냐?"

"……"

지부주는 입이 열 개라도 할 말이 없었다.

화운룡은 더 들을 말이 없다는 듯 몸을 돌렸다.

"끌고 가자."

第四章
추격대

　태사해문 태주지부 전문이 열리고 그 안으로 여러 대의 마차들이 줄지어 들어왔다.

　그러고는 반 시진 후에 마차들이 다시 줄지어서 전문 밖으로 나갔다가 나직한 바퀴 소리를 내며 태주현 북쪽 어둠 속으로 사라져 갔다.

　마차 안에는 혈도가 제압된 태사해문 태주지부주 부부를 비롯하여 시체들까지 정확히 백오십삼 명이 실려 있었다.

　쿵!

　태주지부의 전문이 육중하게 닫혔다.

이제 그 안에 사람은 단 한 명도 남아 있지 않았다.

화운룡이 수하들을 지휘하여 태사해문 태주지부주 이하 수하들을 해룡 포구의 해룡상단 창고에 감금하고 다시 태주현으로 돌아오려고 할 때 전서구가 날아들었다.

전서구의 서찰에는 정현왕 일행이 해룡상단의 배를 타고 운하를 남하하고 있으며 동이 틀 때쯤에 해룡 포구에 도착한다는 내용이 적혀 있었다.

화운룡은 시각을 살펴보고는 전중과 두 명의 혈영살수를 남기고 장하문과 수하들을 해남비룡문으로 돌아가도록 했다.

화운룡은 여기까지 왔으니까 정현왕 일행을 영접해서 쉴 곳으로 직접 안내할 생각이다.

이제부터 화운룡이 할 일은 두 가지다.

정현왕의 일과 태사해문의 일을 처리하는 것이다.

정현왕의 일은 지금 당장 어떻게 할 수가 없다. 정현왕을 직접 만나서 대화를 나눠봐야 하고, 광덕왕에 대해서 알아보라고 한 장하문의 보고를 들어봐야 앞으로 어떻게 할지 계획을 세울 수 있을 것이다.

태사해문의 일은 태주지부를 증발시키는 것과 통천방 태주분타를 몰살시킨 삼십 명의 고수를 죽이는 것으로 첫 번째 계획을 끝낼 생각이다.

그다음에는 앞으로 태사해문이 어떻게 나오는지 다음 행보를 유심히 지켜보면서 그때 상황에 따라서 적절한 대책을 세울 것이다.

화운룡이 추선장에 칩거하고 있는 태사해문 고수 삼십 명까지 처리하고 나면 태사해문은 태주지부와 삼십 명의 고수들이 감쪽같이 사라진 일에 대해서 조사를 시작할 것이다.

그 어떤 증거도 없기 때문에 태사해문은 그 일을 해남비룡문이 했다는 사실을 알아내지 못할 것이다.

태사해문은 태극신궁과 사해검문이 중심이 되어 이십삼 개 방파와 문파가 합쳐서 이루어진 일종의 연합체로서 춘추십패가 되겠다는 원대한 야망을 품고 결성되었다.

결성된 지 한 달 남짓밖에 되지 않은 상황이기 때문에 해야 할 일이 태산처럼 많을 것이다.

그런 태사해문이 자신의 세력권 내의 코딱지만 한 크기의 태주현의 일에만 매달릴 수는 없었다.

태주지부와 삼십 명의 고수가 증발한 사건을 조사하겠지만 총력을 기울이지 못하는 이유였다.

현재 화운룡의 목적은 어떻게 해서든지 태사해문이 태주현을 포기하게 만드는 것이다.

자신들의 세력 내의 일개 현을 포기하는 일이 결코 쉽지는 않을 테지만 화운룡으로서는 가족과 옥봉을 위해서 반드시 그렇게 되도록 만들어야만 했다.

"가라."

"주군."

벽상이 화운룡 옆에 남겠다고 떼를 쓰고 있었다.

화운룡은 벽상을 장하문 등과 함께 해남비룡문으로 돌려
보내서 대백하의 추선장에 있는 태사해문 고수 삼십여 명을
죽이기 위해서 만반의 준비를 갖추게 하려는데 그녀는 화운
룡의 신변이 염려된다면서 남겠다고 고집을 부리고 있었다.

화운룡은 정현왕을 영접하고 나서 그들을 이끌고 온 혈영
살수들의 도움을 받아 추선장의 고수들을 죽이거나 제압할
계획을 세웠다.

정현왕을 이끌고 올 혈영살수가 몇 명일지는 모르지만 이
곳에 있는 두 명을 포함하여 장하문과 벽상, 해남비룡문의 정
예무사들로 추선장을 급습할 생각이었다.

그들이 깊은 잠에 빠져 있는 지금 급습하면 성공할 확률이
더 높지만 그러면 정현왕을 이끌고 오는 혈영살수들의 도움
을 받지 못한다.

원래대로 하자면 개인이 마음대로 혈영살수들을 자신의 수
하처럼 부릴 수가 없었다.

혈영단은 살수 조직이므로 누군가를 죽여달라고 청부를 해

야만 하고 그에 따른 청부금을 내야 된다.

그런데도 화운룡은 혈영살수들을 제 맘대로 쓰고 있으며 또 쓰려고 했다.

그것은 화운룡이기에 가능한 일이다. 사실 그는 이번 생에서 혈영단주인 운설을 수하로 거두지 않고 거리를 두려고 마음먹었지만 상황이 이렇다 보니까 그럴 수가 없게 됐다.

이런 상황인데 벽상은 화운룡이 전중 한 명만의 호위를 받는 것이 매우 불안한 모양이었다.

"상아, 주군은 걱정하지 않아도 된다."

두 명의 혈영고수가 화운룡을 암중에서 호위하고 있다는 사실을 알고 있는 장하문이 나섰지만 벽상은 막무가내다.

"주군께 무슨 일이 생기면 장 군사가 책임질 거예요?"

벽상은 화운룡을 주군으로 모신 직후에 그의 조언으로 부모를 비롯한 가족들 모두 몰살당할 위기에서 구했다.

그것만으로도 벽상은 화운룡에게 어마어마한 은혜를 입었기에 그의 일이라면 생사를 불사했다.

화운룡은 벽상 뒤쪽을 턱으로 가리켰다.

"저들이 날 호위할 것이다."

"누가… 앗!"

벽상은 무심코 뒤돌아보다가 자신의 뒤에 장승처럼 서 있는 흑의의 혈영살수 한 명을 발견하고 움찔 놀라서 다급히 어깨의 검을 잡으며 공격하려고 했다.

슛—

그러나 다음 순간 혈영살수의 검이 어느새 벽상의 목을 찌를 듯이 겨누었다.

"이……"

벽상은 어깨의 검파를 잡은 채 뻣뻣하게 굳었다. 도대체 눈앞의 저 흑의인이 언제 자신의 뒤에 나타났는지 모를 일이다.

더구나 흑의인의 발검은 벽상으로서는 난생처음 보는 쾌검이었다.

벽상은 어쩔 줄 모르고 진땀만 흘렸다. 조금이라도 움직이면 목에 구멍이 뚫릴 상황이다.

뒤돌아서 있는 벽상 뒤에서 화운룡이 고개를 끄떡였다.

"검을 거둬라."

혈영살수 사십팔영은 언제 검을 거두는지도 모르게 번개같이 검을 검실에 꽂았다.

"저들이 날 호위한다면 안심하겠느냐?"

"누… 군가요?"

평생 방금 전처럼 놀란 적이 없는 벽상은 이마의 진땀을 닦으며 물었다.

화운룡은 짧게 대꾸했다.

"알 것 없다."

태주현 하오문 탁목방의 실세는 막화다.

화운룡이 청호리를 죽이고 탁목조를 방주로 앉히면서 그의 요구대로 탁목방이라고 개명을 했다.

그리고 매월 은자 천 냥씩 지원할 테니까 해남비룡문의 일을 최우선적으로 실행하라고 지시했다. 그때부터 탁목방은 화운룡의 개인 정보망이 된 것이다.

탁목조는 그저 보통의 하오배인데 비해서 막화는 싸움으로니 머리로나 탁목조를 찜 쪄서 먹을 성노로 월등하다.

더구나 막화는 화운룡의 심복이기 때문에 탁목조는 그에게 꼼짝하지 못하는 것이다.

지난밤에 막화는 화운룡에게 중대한 명령을 받았다.

무슨 방법을 써서라도 대백하 추선장에 있는 태사해문 고수 삼십 명의 행적을 완벽하게 파악하라는 내용이었다.

그들 삼십 명 중에 어느 누구라도 추선장을 벗어날 경우 미행, 감시하여 시시각각 알리라는 뜻이다.

그들은 조만간 태사해문 태주지부가 증발했다는 사실을 알게 될 테고, 그러면 어떤 행동을 취할 것이다.

화운룡은 그때를 기다리고 있다. 그들 삼십 명이 추선장에 한꺼번에 몰려 있으면 처치하기가 쉽지 않을 테니까 그들이 흩어지기를 기다리는 것이다.

태사해문 태주지부가 증발했다는 사실을 알고서도 추선장에 틀어박혀 있을 그들이 아니다.

동이 트려면 한 시진쯤 지나야 하는 시각에 막화는 태주현의 거지 패거리 도두령들을 다 불러 모았다.

태주현은 인구가 삼십만 명쯤 되며 현 내에는 이십여 개의 거지 패거리들이 있다.

막화는 거지 패거리 도두령들에게 각자 은자 열 냥씩 나누어주고 추선장의 고수 삼십여 명이 태주현 내에서 어디를 가더라도 미행하고 감시하며 그들의 행적을 탁목방으로 알리라고 지시했다.

정현왕이 도착할 때까지 두 시진 정도 남아서 화운룡은 그동안 뭔가를 해보기로 했다.

그는 해룡상단의 해룡지부 내전 어느 방에서 한 차례 운공조식을 하고 나서 피식 엷은 실소를 지었다.

혹시 공력이 좀 더 회복됐나 했더니 여전히 팔 년 공력이다.

어제 운공했을 때 팔 년 공력이었는데 아무리 그의 체내에서 태자천심운이 운행되고 있다고 해도 하루 만에 일 년 공력이 늘지는 않았다.

보통 무림인들은 공력의 단위를 대략적으로 짐작하지만 화운룡의 공력 측정은 한 치도 틀리지 않고 정확했다.

최소 단위는 미소단전이고 그것이 일 년 공력이다. 현재 미소 단전 여덟 개가 찼으므로 팔 년 공력이며, 열 개가 되면 그것들이 소단전으로 변환하면서 십 년 공력이 된다.

전 무림을 통틀어서 그런 단위 측정으로 공력을 재는 사람은 화운룡 한 사람뿐이다.

그는 일어나 우뚝 서서 정면을 응시했다.

지금 그는 자신이 거의 평생 전개하면서 중원을 주유했던 경공법인 무극사신공의 사신신법(四神身法) 중에서 용신행(龍神行)을 시전하려고 한다.

무극사신공은 네 개의 절학이다. 심법과 검법, 경공법, 그리고 장법(掌法)이다.

화운룡은 무극사신공의 심법인 무극삼원 삼원천성을 발전시켜서 태자천심운을 창안하여 현재 그의 체내에서 운행 중이며, 검법인 청룡전광검 일초식 십팔변을 전부 회복했다.

물론 현재 그의 공력이나 검법은 십절무황이던 시절에 비하면 백분지 일, 아니, 천분지 일에도 미치지 못한다.

무극사신검은 네 가지 검법이며 청룡전광검은 그중에 하나이다. 그는 청룡전광검 일초식을 겨우 회복했을 뿐이다.

그는 아까 태사해문 태주지부에서 경공술을 전개하는 장하문을 따라가려고 전력으로 달리다가 경공법을 연마해서 회복해야겠다는 생각을 했다.

경공법은 공력이 바탕이 돼야만 전개할 수 있는데 과연 팔 년 공력으로 얼마나 발휘할 수 있을지 알 수가 없다.

실내라서 장소가 좁지만 그가 서 있는 곳에서 전면의 벽까지 사 장 거리면 공력이 없는 그로서는 충분할 듯했다.

우선 팔 년 공력을 두 다리에 모으고 장장 육십여 년 동안 그의 발 노릇을 해준 용신행을 전개했다.

왼발을 한 걸음 내디디면서 상체를 앞으로 약간 숙이며 용신행을 전개했다.

그런데 왼발 한 걸음만 내디뎌졌을 뿐이고 몸도 한 걸음만큼만 전진하고 말았다.

'이런……'

화운룡은 씁쓸한 표정을 지었다. 예전 공력이 조화경에 이르렀을 때에는 단지 어느 방향으로 나아가겠다고 마음을 먹는 것만으로 경공법이 전개됐다.

그렇지만 지금은 공력이 팔 년뿐이므로 용신행을 전개하려면 앞으로 나아가는 동작을 취해야 할 것 같아서 그래도 왼발을 내밀고 상체를 숙여준 것이다.

그런데 그것은 그의 철저한 착각이었다. 고작 팔 년 공력 갖고는 그 정도 동작만으로 용신행이 전혀 전개되지 않았다.

'팔 년 공력은 공력이 없는 것이나 마찬가지다.'

그러므로 공력이 없다는 생각으로 용신행을 전개해야 한다.

화운룡은 이번에는 두 발에 공력을 모으고 속으로 용신행 구결을 외우면서 천천히, 그러나 힘을 주어서 앞으로 걸음을 옮겼다.

사삭… 삭삭…….

그렇게 하니까 걸음이 사뿐사뿐 걸어지면서 보통 그가 걷는 속도보다는 두 배 정도 빨라졌다.

그는 그렇게 벽까지 걸어갔다가 몸을 돌려 이번에는 똑같은 방법으로 반대 방향을 향해 천천히 달려보았다.

스슷… 탁… 탁…….

"하하하!"

사 장 거리의 끝까지 달린 그는 유쾌하게 웃었다.

달리니까 그냥 달리는 것보다 세 배 정도 빨라졌다. 달리기 시작하여 순식간에 맞은편에 도달했다.

힘차게 걷거나 달린 것이 아니기 때문에 힘껏 걷거나 달렸을 때에는 좀 더 빨라질 것 같았다.

팔 년 공력으로 경공이라고까지는 할 수 없지만 그래도 걷거나 뛰는 것보다는 빨리 움직이게 되자 기뻐서 저절로 웃음이 나왔다.

고작 팔 년 공력으로 이 정도 성과를 낼 수 있는 것은 용신행이 그 정도로 대단한 경공이라는 뜻이다.

그는 경공을 펼치기에는 마땅치 않은 장소지만 그래도 부지런히 용신행을 전개했다.

화운룡은 그렇게 한 시진 정도 사신신법의 용신행과 용신보(龍神步)를 연습했다.

사신신법에는 네 가지 수법이 있으며, 경공법인 용신행과 보법인 용신보, 그리고 주로 싸울 때 사용하는 용신비(龍神飛)와 먼 거리를 이동하는 용신표(龍神飄)다.

그중에서 용신행과 용신보를 연습했지만 그 결과는 썩 만족할 수준은 아니었다.

좀 더 연습하고 싶었으나 전중이 문을 두드리며 정현왕이 도착했다고 보고하는 바람에 급히 밖으로 나갔다.

아직 동이 트지 않았는데 정현왕 일행은 예상했던 시각보다 일찍 해릉 포구에 도착했다.

날이 밝으면 포구의 사람들 눈에 띄어서 좋을 게 없는데 차라리 잘된 일이다.

화운룡은 배에서 내리는 정현왕을 포구에서 맞이했다.

정현왕 부부를 비롯한 일행 모두는 해룡상단 사람들 복장을 입어서 상단 사람처럼 보였다.

"아버님."

"운룡!"

화운룡이 허리를 굽히자 정현왕 주천곤이 급히 다가와서 그의 두 손을 굳게 잡았다.

주천곤은 아무런 말도 하지 않고 화운룡의 두 손을 잡은 손에 힘을 준 채 그를 바라보기만 했다.

화운룡은 주천곤의 두 눈에 눈물이 그렁그렁 고인 것을 보고 그가 이번 일로 얼마나 크게 상심을 했는지 짐작했다.

아닌 게 아니라 주천곤은 얼굴이 까칠한 데다 상심과 피곤함이 가득했다.

"으흐흑……! 용청(龍情)……."

정현왕 왕비 사유란(査裕蘭)은 화운룡을 보자마자 참았던 울음을 터뜨렸다.

그녀는 화운룡의 이름 끝 자에 사위를 어여삐 높여 부르는 청(情)을 붙였다.

"어허! 이 사람이……."

주천곤이 아내를 꾸짖자 화운룡이 얼른 사유란을 품에 안아서 달랬다.

"어머님, 이제 안심하셔도 됩니다."

옥봉에게 천하제일미를 물려준 모친답게 아리따운 미모와 몸매의 사유란은 화운룡 가슴에 뺨을 묻고는 소리 죽여서 흐느껴 울었다.

"흐흐흑… 용청… 너무나 무서웠어요……."

그랬을 것이다.

마른하늘에 날벼락처럼 광덕왕의 습격으로 정현왕부가 졸지에 멸문에 가까운 피해를 당하고, 정현왕 부부를 비롯한 직계 가솔들만 겨우 이끌고 수천 리 길을 도망쳐 왔으니 일개 여자로서 그 두려움이 컸을 터이다.

사유란은 이제 겨우 삼십오 세다. 정현왕의 전처가 둘째 아들을 출산하다가 죽은 후 십칠 세에 왕비가 되어 십팔 세에 옥봉을 낳았으니 아직 팔팔한 청춘이었다.

화운룡은 사유란의 등을 쓰다듬으며 위로했다.

"이제 안심하셔도 됩니다, 어머님."

그렇지만 사유란은 오들오들 떨면서 그의 품에서 떨어지려고 하지 않았다.

그런 모습을 보고 화운룡은 여기까지 오는 동안 사유란이 얼마나 무서웠는지 미루어 짐작하고는 가슴이 아팠다.

＊　　　　＊　　　　＊

화운룡은 주천곤 부부를 비롯한 일족을 작은 배에 옮겨 태우고 자신이 직접 인솔하여 은신처로 향했다.

해릉 포구의 해룡상단 소유의 건물이 많지만 사람들 왕래
가 많아서 주천곤 일행이 거처로 삼기에는 부적절했다.

그래서 일전에 장하문이 소개한 양주의 빈 장원을 은신처
로 삼으려는 것이다.

쏴아아…….

두 척의 배가 운하의 물살을 가르면서 빠른 속도로 서쪽
양주를 향해 내달렸다.

화운룡은 선실 안에서 주천곤, 사유란과 함께 탁자에 둘러
앉아서 차를 마시고 있었다.

"내가 너무 성급했네."

주천곤은 찻잔에는 손도 대지 않고 자책 어린 표정을 지으
며 중얼거렸다.

화운룡은 지금까지 별일 없이 잠자코 있던 광덕왕이 느닷
없이 경현왕부를 습격한 데에는 그럴 만한 이유가 있었을 것
이라고 짐작했다.

"자네가 왕부를 떠난 직후에 나는 은밀하게 구문제독과 접
촉을 시도했네."

화운룡은 주천곤의 말을 듣고 어떻게 된 일인지 즉시 짐작
하게 되었다.

화운룡은 주천곤에게 미래에 일어날 소위 '황가(皇家)의 난'
에 대해서 자세하게 설명을 해주었다.

설명을 다 듣고 난 주천곤은 자신이 황제가 되고 싶다는 뜻을 내비치며 화운룡에게 방법을 물었다.

그때 화운룡은 구문제독을 포섭하여 주천곤의 사람으로 만든 후에 황상이 붕어하고 연 태자가 암살당하기를 기다렸다가 태감과 동창제독을 제압하여 문초하라고 일러주었다.

그러면 광덕왕의 죄상이 낱낱이 드러날 테니까 그를 잡아들여 구족을 멸한 후 주천곤이 황족의 추천을 받아서 황위에 오른다는 계획이었다.

그런데 주천곤의 말처럼 그는 지나치게 성급했으며 조심성이 없었다.

그는 화운룡이 떠나자마자 구문제독을 포섭하려고 접근했다가 광덕왕의 촉각에 걸려든 것이 분명했다.

주천곤의 목소리에는 힘이 없었다.

"내가 보낸 심복이 하루에 한 번씩 세 차례 구문제독을 만난 이후에 광덕왕의 습격을 받았네."

"구문제독에게 누굴 보냈습니까?"

주천곤의 삼만 사병 대장군인 마원춘과 정현왕부의 총관인 그의 아들 마공결이 주천곤을 배신하고 광덕왕 쪽에 붙는다고 화운룡이 말해주었다.

"조병금(趙炳錦)이라는 내 심복일세."

화운룡은 가볍게 미간을 좁히며 그 이름을 들은 적이 없는지 기억을 더듬었다.

"조병금의 부친이 누굽니까?"

"전직 도어사(都御史)인데 조해문(趙海門)이라고 하며 오래전 부터 내 측근이었네."

전직 도어사라고 하니까 화운룡은 번쩍 기억이 났다.

그의 기억으로는 광덕왕이 모반을 하여 스스로 황위에 오른 후에 논공행상을 했는데 그때 조해문과 그의 아들 조병금이 높은 관직을 제수받았다.

정현왕 주천곤의 측근인 조해문과 아들 소병금이 황제가 된 광덕왕에게 고관대작을 제수받았다면 충분히 의심해 볼 만한 일이었다.

"조병금은 어디에 있습니까?"

"밖에 있네."

"부르십시오."

주천곤은 자신의 심복 조병금을 부르라는 말에 불길한 생각이 들어 표정이 변했다.

주천곤은 정현왕부 호위고수들의 우두머리인 호위장령(護衛將令)을 불러 조병금을 불러오라고 지시했다.

호위장령이 나가려고 할 때 화운룡이 그에게 말했다.

"자네는 조병금 뒤에 가깝게 서 있다가 그가 서툰 짓을 하면 제압하도록 하게."

호위장령은 표정이 가볍게 변해서 주천곤을 쳐다보았다.

주천곤은 심각한 얼굴로 고개를 끄떡였다.

"그렇게 하라."

만약을 위해서 왕비 사유란은 다른 선실로 보내고 화운룡과 주천곤 두 사람이 조병금을 맞이했다.

조병금은 정현왕의 최측근 중 하나인 내사관(內司官)이며 그것은 정현왕부 내궁(內宮)의 업무를 총괄하는 지위다. 즉, 정현왕의 일거수일투족을 훤하게 알고 있다는 것이다.

화운룡과 주천곤이 앉아 있는 탁자 앞쪽 다섯 걸음 거리에 조병금이 서 있고 그 뒤에 호위장령이 우뚝 서 있었다.

조병금은 삼십 대 후반의 나이에 넙데데한 후덕한 용모이며 진중한 표정으로 두 손을 앞에 모으고 시립했다.

화운룡이 조병금을 보면서 조용히 말문을 열었다.

"아버님께서 구문제독 좌관청(佐貫淸)을 만나 밀서를 전하라고 너를 세 번 보냈었는데 너는 그중에 몇 번이나 실제로 좌관청을 만났느냐?"

순간 조병금의 눈빛이 가볍게 흔들렸다. 그러나 그는 곧 평정을 되찾은 얼굴로 공손히 되물었다.

"무슨 말씀이신지… 저는 구문제독을 세 번 만나러 가서 세 번 다 그분을 만나 답서를 받아와서 전하게 드렸습니다."

화운룡의 직감으로는 조병금은 구문제독을 한 번도 만난 적이 없으며 주천곤이 준 밀서는 고스란히 광덕왕에게 전달되었을 것이다.

그런데 방금 화운룡의 물음에 조병금은 눈빛이 가볍게 흔들렸다. 화운룡의 말이 맞다는 뜻이다. 그런데도 그는 놀라운 수양으로 평정을 유지했다.

주천곤은 밀서에 구문제독 좌관청을 만나고 싶다는 뜻을 전했지만 좌관청이 여러 가지 이유를 들어서 만남을 후일로 미루었다.

화운룡이 알고 있는 좌관청은 올곧은 성품으로 주천곤을 줄곧 흠모하고 있었다.

그런 그가 주천곤의 만나자는 제의에 세 번씩이나 거절을 했다는 사실이 이치에 맞지 않았다.

주천곤도 좌관청이 만나자는 자신의 제의를 세 번씩이나 완곡하게 거절했다는 사실이 믿어지지 않는다고 말했다.

화운룡은 주천곤에게 그 말을 듣고는 조병금이 밀서를 좌관청에게 전하지 않았을 것이라고 확신했다.

화운룡은 미리 준비해 놓은 탁자의 사기그릇을 손으로 가리키며 말했다.

"네 말이 맞는다면 이것을 마셔라."

조병금이 흐릿하게 불안한 얼굴로 사기그릇을 쳐다보자 화운룡이 태연하게 설명했다.

"그걸 마시면 잠시 후에 정신이 흐려지면서 내심에 있는 생각들을 묻는 대로 모두 솔직하게 털어놓게 될 것이다. 네가 추호도 거짓이 없다면 그걸 못 마실 이유가 없을 것이다."

물론 사기그릇에 담겨 있는 액체는 그냥 진한 찻물이며 조병금을 속이려는 것이다.

화운룡은 상대를 실토시키는 약을 실제로 만들 수 있지만 여기에서는 재료가 없으며 시간적으로도 조제할 여유가 없었다.

조병금은 설마 화운룡이 주천곤 면전에서 자신에게 사기를 칠 것이라고는 생각하지 못했다.

"어서 마셔라."

조병금은 머뭇거렸다.

그의 행동을 보고 주천곤은 화운룡의 말, 즉 그가 배신자라는 사실을 확신하게 되었다.

조병금이 착잡한 표정으로 자신을 쳐다보자 주천곤은 굳은 얼굴로 쏘아보며 아무 말도 하지 않았다.

물러날 길이 없다고 판단한 조병금은 천천히 걸어와서 탁자 앞에 멈추더니 그릇을 향해 두 손을 뻗었다.

화운룡은 그가 두 손을 뻗을 때 오른손 소매 안에서 단검한 자루가 흘러나와 손안에 잡히는 것을 발견했다.

순간 조병금은 주천곤을 향해 몸을 날리면서 오른손을 길게 쭉 뻗었다.

휘익!

그의 오른손에는 어느새 하얀 단검이 움켜쥐어져 있으며 단검은 주천곤의 상체를 향해 쏘아 갔다.

그러나 뒤에서 바싹 따르던 호위장령이 번개같이 검을 뽑아 검의 옆면으로 조병금의 오른쪽 어깨를 짧게 내려쳤다.

탁!

"그흑!"

몸을 날렸던 조병금은 엎드린 자세로 바닥에 무릎을 꿇으면서 엎어졌다.

쿵!

호위장령은 조병금의 등을 발로 찍듯이 밟는 것과 동시에 검을 떨쳐 검의 옆면으로 그의 오른 손목을 쳐서 단검을 저만치 날려 버렸다.

"끄으……."

조병금은 개구리처럼 버둥거렸지만 꼼짝도 하지 못했다.

주천곤은 벌떡 일어나 노한 얼굴로 호통을 쳤다.

"이놈! 네놈이 날 배신했구나!"

단검으로 주천곤을 찌르려고 했으므로 조병금이 배신자라는 것은 움직일 수 없는 사실이 되었다.

주천곤은 분을 참지 못하고 호위장령에게 손을 내밀었다.

"이놈의 목을 베겠다! 검을 다오!"

"저… 전하……."

조병금은 엎드린 채 겁에 질려서 버둥거렸다.

화운룡이 나서서 주천곤을 만류했다.

"아버님, 이자에게서 알아낼 것이 있습니다."

호위장령에게서 검을 받은 주천곤은 조병금을 노려보면서 분노를 삭이려고 애쓰다가 잠시 후 뒤로 물러섰다.

화운룡은 호위장령에게 고개를 끄떡였다.

"일으켜 세우게."

호위장령이 조병금의 양쪽 어깨를 잡고 일으켰다.

화운룡은 조병금 앞에 서서 오른손을 들어 검지를 세워 팔 년 공력을 주입시켰다.

그는 예전에 지금 시전하려는 점혈수법으로 많은 적에게서 실토를 얻어냈는데 잠혼백령술(潛魂魄靈術)이라는 것이다.

이 수법은 사람의 심신을 제압하는 일종의 섭혼술(攝魂術)로 써 제압되면 묻는 대로 대답을 할 수밖에 없다.

또한 혈도만 정확하게 찍으면 되기 때문에 공력이 심후하지 않아도 된다.

하지만 이십칠 개의 혈도를 때로는 길게, 그리고 짧게 시간 차를 두면서 어떤 혈도는 세게, 또 어떤 혈도는 가볍게 짚어야 하는 것이 어렵다면 어려운 일이었다.

주천곤과 호위장령은 화운룡이 무엇을 하려는 것인지 짐작
도 하지 못한 채 지켜보기만 했다.

팍!

화운룡의 검지가 조병금의 왼쪽 목덜미를 찔렀다.

"윽……."

조병금이 나직한 신음 소리를 내며 꿈틀거리자 호위장령이
움직이지 못하도록 양어깨를 잡은 두 손에 힘을 주었다.

팍… 파픽… 픽… 팍…….

잠시의 시간이 지나자 화운룡은 검지뿐만이 아니고 중지로
도 조병금의 혈도를 찍기 시작하다가 급기야 왼손까지 사용하
고 있었다.

처음에는 이게 될 것인지 반신반의했지만 일단 시작하자 정
신이 아닌 몸이 기억하고 있던 솜씨를 발휘한 것이다.

그는 눈도 깜빡이지 않은 채 이십 호흡 동안 조병금의 얼굴
을 비롯한 상체의 혈도 이십칠 곳 점혈을 끝냈다.

"후우… 앉히게."

잠혼백령술 점혈을 끝낸 화운룡은 길게 한숨을 내쉬며 뒤
로 두 걸음 물러났다.

그는 미처 모르고 있지만 잠혼백령술에 전력을 쏟은 나머
지 얼굴에서 땀이 비 오듯 흐르고 두 팔이 후들후들 떨렸다.

호위장령이 양쪽 어깨를 잡고 있는 조병금은 눈이 초점을 잃어 흐리멍덩했고 몸에 힘이 없어 축 늘어졌다.

　화운룡이 봤을 때 잠혼백령술은 성공한 것 같았다. 공력이 심후한 사람이 시전하면 며칠이라도 잠혼백령술에 걸린 상태로 만들어둘 수 있지만 화운룡처럼 팔 년 공력이라면 어쩌면 반각도 유지하지 못하고 깨어날지 모른다.

　그렇기 때문에 조병금에게 고주알미주알 쓸데없는 것을 캐물을 게 아니라 급한 것부터 알아내야만 한다.

　화운룡은 가쁜 숨을 가다듬기도 전에 물었다.

　"너 정현왕 전하의 도주로(逃走路)를 광덕왕에게 알렸느냐?"

　조병금의 눈은 정면을 향하고 있지만 쉴 새 없이 흔들렸다.

　"알렸습니다……."

　그는 몹시 아픈 사람처럼 중얼거렸다.

　정현왕의 도주로를 광덕왕에게 알렸다는 실토에 주천곤과 호위장령의 안색이 급변했다.

　화운룡이 다시 급히 물었다.

　"추격대가 따르고 있느냐?"

　"그렇습니다."

　"어디쯤 왔느냐?"

　화운룡의 목소리가 다급해졌고 주천곤의 얼굴에는 초조함이 가득했다.

"거의 따라잡았을 것입니다……."

"배를 갈아탄 이후에도 도주로를 알렸느냐?"

"알렸습니다……."

"추격대는 누구며 몇 명이냐?"

"모릅니다……."

더 이상 물어볼 것도 없고 물어볼 시간도 없었다.

화운룡은 조병금의 정수리 백회혈을 주먹으로 힘껏 내려쳤다.

틱!

"끅……."

사혈에 일격을 얻어맞은 조병금은 눈을 허옇게 까뒤집더니 곧 숨이 끊어져서 몸이 옆으로 기울어지며 바닥에 쓰러졌다.

주천곤은 조병금의 실토를 들었기 때문에 마음이 몹시 조급했지만 입을 굳게 다문 채 화운룡을 쳐다보았다.

현재 주천곤이 믿을 사람은 오로지 화운룡뿐이다. 만약 그가 없었다면 주천곤과 아내, 그리고 가솔들은 여기까지 오지도 못하고 죽었을 것이다.

화운룡은 허공에 대고 나직하게 말했다.

"사십팔영. 너희 몇 명이냐?"

[다섯 명이오.]

어딘가에 은둔해 있는 사십팔영이 즉각 대답했다.

주천곤 일행을 혈영살수 세 명이 이끌고 왔다는 뜻이다.

선택의 여지가 없다.

"너희 모두 가서 추격대를 막아라. 그러고 나서 양주의 한 암장(寒嚴莊)으로 와라."

[알았소.]

아무런 기척도 나지 않았지만 화운룡은 혈영살수 다섯 명이 배를 떠났다고 생각했다.

추격대 규모가 얼마나 되고 또 어디까지 추격하고 있는지 알지 못하기 때문에 장님이 된 것이나 같은 상황이다.

또한 혈영살수 다섯 명이 추격대를 잘 막고 있는지 아니면 뚫렸는지도 알 수 없기는 마찬가지라서 답답하기 짝이 없을 것이다.

다만 혈영살수들이 추격대를 잘 막아줄 것이라는 믿음하에 다음 행동을 취해야 한다.

화운룡은 빠른 어조로 호위장령에게 물었다.

"싸울 수 있는 사람이 몇 명인가?"

"이십이 명이오."

총 삼십칠 명 중에서 싸울 수 있는 사람이 이십이 명이면 정현왕을 비롯한 왕의 혈족이 십오 명이라는 얘기다.

광덕왕이 한밤중에 정현왕부를 습격할 정도라면 이판사판 눈에 보이는 게 없다는 뜻이고, 기필코 정현왕 주천곤을 비롯한 일가를 몰살시키겠다는 각오가 대단했다.

그런 그가 추격대를 대충 보냈을 리가 없다. 또한 군대, 즉 자신의 사병을 보내지는 않았을 것이다.

큰 무리의 사병이라면 사람들 눈에 너무 눈에 띄기 때문에 그런 어리숙한 짓을 하지는 않았을 것이라는 게 화운룡의 짐작이었다.

모르긴 해도 추적술에 능한 쟁쟁한 무사나 고수들을 대거 보냈을 것이다.

주천곤이 강한 이지로 말했다.

"나와 두 아들도 싸울 수 있네."

화운룡은 호위장령에게 명령했다.

"자네를 비롯한 가장 고강한 무사 여덟 명, 그리고 두 분 처남이 아버님과 어머님을 호위하도록 하게."

지금껏 백무일실 한 점도 흐트러짐 없이 일을 처리한 화운룡을 지켜본 호위장령은 공손히 허리를 굽혔다.

"분부 받듭니다."

화운룡은 주천곤을 정면으로 쳐다보았다.

관상에 일가견이 있는 화운룡은 처음에 주천곤을 봤을 때 그에게서 '황제의 상'을 얼핏 봤다.

이후 그가 당금 황제의 붕어와 광덕왕의 역모에 대해 설명하고 나서 정현왕이 황제가 되고 싶다고 자신의 의견을 피력

했을 때 그의 얼굴에는 '황제의 상'이 뚜렷이 나타났다.

관상은 거짓말을 하지 않는다. 그러므로 만약 주천곤이 화를 당하지 않는다면 그는 머지않아서 대명의 황제가 될 것이 분명했다.

화운룡이 주천곤에게서 '황제의 상'을 발견하지 못했다면, 그런데도 주천곤이 황제가 되겠다고 고집한다면 화운룡은 무슨 수를 써서라도 그를 만류했을 것이다.

하지만 주천곤이 황제의 위에 오르는 것은 운명이다. 그러므로 그것을 받아들이는 것 또한 화운룡의 할 일인 것이다.

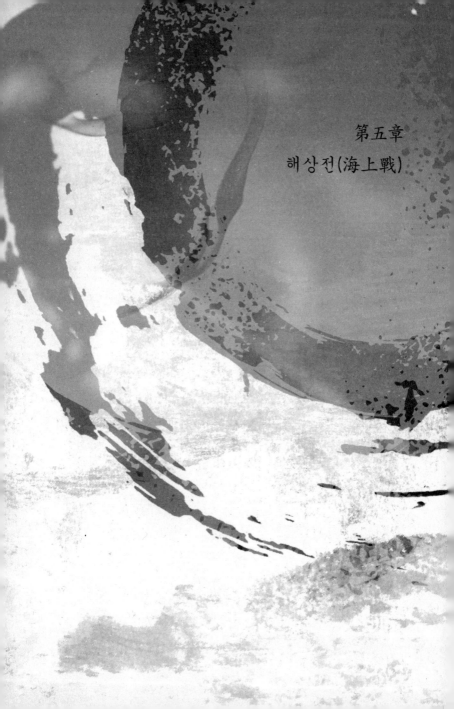

第五章

해상전(海上戰)

　돛을 모두 펼치고 빠른 속도로 운하를 질주하고 있는 배 두 척 중에서 앞쪽 배 선수에 우뚝 선 화운룡의 얼굴은 단단하게 굳어 있었다.

　두 척의 배는 서쪽 양주로 가고 있으며 배 후미 쪽에서 시뻘건 태양이 끝없이 펼쳐진 드넓은 대지 끝에서 천하를 온통 태워 버릴 듯이 떠오르고 있었다.

　십절무황 시절, 아니, 그 이전의 천하제패를 위해서 뒤돌아보지 않고 질주하던 시절에도 그에게서 지금처럼 긴장한 표정은 보기 어려웠다.

이번 생에서 그가 천하라고 생각하는 여자 옥봉의 부모와 형제, 혈족들을 추격대로부터 안전하게 보호하는 일은 무엇보다도 중요하다.

이 일에 어떤 차질이라도 생긴다면, 그래서 옥봉의 부모나 형제, 혈족들 중에서 누가 죽거나 다치기라도 한다면 화운룡은 옥봉을 대할 면목이 없었다.

필경 옥봉은 화운룡이 최선과 전력을 다했을 것이라는 사실을 알고 있으므로 외려 그를 위로하겠지만 그녀의 그런 행동이 화운룡을 못 견디게 만들 것이다.

그렇기 때문에 이 일은 그 어떤 것보다도 중요하며 우선되어야 한다.

문득 화운룡의 얼굴이 흐려졌다.

"홍로상일점설(紅爐上一點雪)인가…"

벌겋게 달아오른 뜨거운 화로 위에 한 점의 눈이 녹는다.

현재 자신의 처지가 그와 같다는 생각이 불현듯 들었다.

그리고 그는 예전 십절무황 시절에 지금 같은 느낌이나 처지가 있었던 것을 기억해 냈다.

아니, 그는 이보다 더 심한 상황을 숱하게 넘겼다. 그래서 그것들을 그는 다 이겨내고 천하제일인이 되었다.

"전중."

"하명하십시오."

화운룡의 나직한 부름에 뒤쪽에 서 있던 전중이 공손히 허리를 접었다.

"본 문의 정예를 불러라."

전중은 흠칫했다.

"어느 정도의 정예를 말씀하시는 것입니까?"

"태주지부에 갔던 사람들을 불러라."

"알았습니다."

전중은 단천검법과 청령심결을 연마하고 나서 예전에 비해 절반 이상 고강해졌다.

불과 넉 달 동안 그 정도의 진전을 이루었다는 것은 오직 한 가지 이유, 단천검법과 청령심결의 우월함 덕분이다.

현재 해남비룡문에서 전중 정도이거나 그보다 고강한 사람은 장하문과 벽상을 비롯하여 이십 명 내외일 것이다.

화운룡은 배의 방향을 바꾸도록 명령했다.

운하는 실핏줄처럼 수많은 갈래로 뻗어 있으며 배를 모는 해룡상단의 선부들은 강소성 남부 지역의 물길을 손금 보듯이 훤하므로 화운룡의 말이 떨어지기 무섭게 배를 소운하로 꺾어 들어갔다.

대동맥 같은 중앙의 대운하를 버리고 실핏줄 소운하로 돌아가면 목적지인 양주 한암장에 늦게 도착하게 될 것이다.

하지만 지금은 목적지에 일찍 도착하는 게 중요한 것이 아니라 추격대에게서 벗어나는 일이 급선무다.

만약 다섯 명의 혈영살수가 추격대를 제대로 막고 있다면 화운룡이 두 척의 배를 소운하로 행로를 바꾼 사실을 추격대는 모를 것이다.

반면에 추격대가 워낙 많아 혈영살수들이 제대로 막지 못해서 일부가 계속 추격을 하고 있다면 소운하로 들어선 화운룡 일행의 배를 쫓느라 우왕좌왕하게 될 것이다.

소운하라고 해도 폭이 십 장이나 되므로 화운룡 일행의 배가 여러 개의 소운하로 들락날락하면 추격대가 소운하를 경공으로 건너지 못할 것이다.

추격대가 절정고수가 아닌 이상 단번에 십여 장을 도약하는 것은 불가능하다.

선부들은 전방에 소운하가 나타나기만 하면 배의 방향을 꺾었다. 그런 식으로 수없이 크고 작은 운하들을 바꿔 타면서 서쪽으로 향했다.

화운룡은 혹시 있을지 모르는 추격대를 감시하느라 선실에 들어갈 겨를도 없이 앞뒤 갑판을 오가면서 주위를 살폈다.

운하에는 오가는 배들이 꽤 많아서 현재 화운룡의 시야에 들어온 배만 해도 열 척 이상 됐다.

정현왕 일행은 고우 포구에 미리 대기하고 있던 해룡선단의 배를 탔었기 때문에 추격대는 배를 준비하지 못하고 육로, 즉 대운하 옆의 관도를 따라서 추격했을 것이다.

정현왕 일행이 배를 타고 출발하는 반의반각도 안 되는 짧은 시각에 많은 인원의 추격대가 큰 배를 구해서 추격한다는 것은 불가능한 일이다.

그러니까 추격대가 뒤쫓고 있다면 십중팔구 육로가 분명하다.

하지만 화운룡은 하나의 가능성을 빠뜨리지 않았다. 추격대의 선발대가 고우 포구에서 작은 배를 빌리거나 탈취해서 추격했을 수도 있다는 사실이다.

그것을 확인하려고 화운룡은 뒤쪽의 배로 옮겨서 탔다.

혹시 있을지도 모르는 선발 추격대 배의 눈에 띄지 않으려고 화운룡은 선실 안에서 창을 조금만 열고 그곳으로 밖을 내다보며 살폈다.

화운룡 일행의 배가 반 시진에 걸쳐서 이리저리 세 번 다른 운하로 갈아타면서 방향을 바꾸었다.

이런 경우에 추격대의 배가 아니라면 떨어져 나가야지만 정상이다.

실제로 뒤쪽 대부분의 배들이 다른 방향, 즉 제 갈 길로 사라졌으며 새로운 배들이 뒤쪽에 나타났다.

그런데 한 척의 작은 배가 멀찍이서 꾸준히 따라오고 있는 것이 화운룡에게 포착됐다.

저 작은 배는 화운룡 일행의 배가 세 번 운하를 바꿔 탔는데도 부지런히 따라오고 있는 중이었다.

화운룡 일행의 배에서 선발 추격대의 배라고 의심되는 작은 배까지의 거리는 이십여 장으로 꽤 먼 거리다.

또한 그 사이에 여러 척의 배이 끼어 있어서 작정을 하고 눈여겨서 보지 않으면 알아차리지 못할 것이다.

그래도 화운룡은 조금 더 지켜보기로 했다. 우연히 같은 방향일 수도 있기 때문이다.

역시 우연이란 없었다.

그 이후 화운룡 일행의 배가 두 번 더 다른 운하로 갈아타면서 방향을 바꿨는데도 의심스러운 배는 여전히 이십여 장의 거리를 두고 따라오고 있다.

선발 추격대의 배가 분명하다.

화운룡은 선발 추격대의 배를 기습하기로 결정했다.

추격하는 배의 크기로 보나 선발이라는 점을 감안했을 때 저 배에 타고 있는 적은 많아야 세 명을 넘지 않을 것이라고 판단했다.

물론 추격대라고 짐작되는 자들의 모습은 보이지 않았다. 선실에 숨어서 창을 통해 전방을 살피고 있을 것이다.

호위장령이 직접 두 명의 고수를 이끌고 선발 추격대의 배를 기습하기로 결정했다.

호위장령은 대문파의 당주급 실력이므로 일류고수 서너 명쯤은 혼자 처치할 수 있었다.

"다녀오겠습니다."

호위장령과 두 명의 호위고수는 화운룡에게 공손히 허리를 굽히고는 앞쪽 배의 선수 쪽 난간 너머 물속으로 소리 없이 스며들었다.

호위장령과 두 명의 호위고수 모습은 물속으로 사라졌으며 수면에는 잔잔한 파문이 일렁거리다가 그마저도 스러졌다.

미행하는 선발 추격대의 배에서는 여기가 보이지 않았다.

호위장령과 두 명의 호위고수는 물속에 잠수하여 선발 추격대의 배에 접근한 후 기척 없이 오를 것이다.

화운룡은 뒤쪽 배로 옮겨 타지 않고 선두 배에서 호위장령의 소식을 기다렸다.

일이 이 지경이 됐으므로 대백하 추선장에 있는 태사해문 고수 삼십 명을 처치하는 일은 이쪽 일이 일단락될 때까지 막연하게 미룰 수밖에 없는 상황이다.

추격대를 가볍게 본 것이 실수였다. 정현왕 일행을 고우 포구에서 해룡선단 배로 태워서 이동시키면 추격대를 따돌릴 수 있을 것이라고 계산했는데 오산이었다.

지금쯤 추선장의 태사해문 고수들은 태주지부 사람들이 감쪽같이 증발했다는 사실을 알아차렸을지도 모른다.

그럴 경우 그들이 제일 먼저 취할 행동은 태주지부의 증발 사실을 태사해문에 알리는 것이다.

그러고는 태사해문의 명령을 받아서 어떤 행동을 취하게 될 텐데 화운룡은 그게 무슨 명령일지 예상하고 있다.

태주현에서 가장 의심 가는 문파인 해남비룡문을 족치라는 명령일 것이다.

먼저 해남비룡문을 염탐이나 감시, 정보를 수집하는 것이 순서겠지만 원래 대방파나 대문파는 자신들의 막강한 힘과 배경을 터무니없이 믿는 터라서 그런 거추장스러운 서론 따위는 하지 않는다.

추선장의 태사해문 고수들이 태주지부의 증발을 알아내기까지 걸리는 시간과 그들이 태사해문에 전서구로 보고하고 또 태사해문의 명령을 전서구로 받는 시간을 예상하면 늦어도 정오를 넘기지 않을 것이다.

문제는 추선장의 고수들이 태주지부의 일을 언제 발견하느냐는 것이다.

화운룡에게는 하늘을 놀라게 하고 땅을 뒤흔들 경천동지의 능력이 있지만 지금으로선 그야말로 박이과요(博而寡要), 재주는 많으나 할 수 있는 게 없는 상황이다.

추선장을 감시하고 있는 탁목방의 막화에게서는 아직 이렇다 할 보고가 없다.

이 배에서 막화에게 전서구를 한번 날렸기 때문에 그가 보내는 전서구가 이곳을 찾아오는 일은 어렵지 않을 터이다.

배 뒤쪽에 있던 전중이 급히 달려와서 화운룡에게 보고했다.

"주군, 호위장령이 성공했답니다."

선발 추격대의 배에서 호위장령의 수하가 손을 흔들어 기습이 성공했음을 알린 것이다.

"됐다. 속도를 줄이고 호위장령을 태워라."

화운룡은 담담히 고개를 끄떡였다.

화운룡의 계획에 대해서 잘 알고 있는 전중이 공손히 말했다.

"이제는 막화의 전서구를 기다려야 하는군요."

"그렇지."

전중은 용기를 내서 물었다.

"태사해문에서 태주지부가 증발했다는 사실을 알면 어떻게 나올 것 같습니까?"

"추선장의 고수들에게 본 문에 들이닥치라고 명령하겠지."

전중의 얼굴에 초조함이 가득 떠올랐다.

"본 문의 정예들을 모두 이곳으로 불렀기 때문에 현재 본 문은 무인지경입니다."

해남비룡문에 머릿수로는 오백여 명이 있다고 해도 그들은 입문한 지 길어야 서너 달밖에 되지 않은 새파란 문하생들이다. 그들 숫자가 아무리 많아도 추선장의 쟁쟁한 고수들을 상대할 수는 없었다.

"놈들이 본 문에 들이닥치면 속수무책입니다. 주군, 이를 어떻게 하면 좋습니까?"

"아무런 증거도 없는데 놈들이 다짜고짜 본 문을 어쩌지는 못할 것이다."

"그렇지만 태주지부가 증발한 것에 대해서 알아내려고 본 문 사람들을 다그칠 겁니다."

화운룡은 뒷짐을 지고 먼 곳을 쳐다보았다.

"다그쳐도 아무것도 알아내지 못할 게다."

"어째서 그렇습니까?"

"태주지부를 습격했던 사람들이 모두 이리로 오고 있는 중이기 때문이다."

"아……"

전중은 아까 화운룡의 명령으로 해남비룡문의 정예들을 이곳으로 불렀다.

바로 그들이 어젯밤에 태주지부를 암습했었으며 화운룡의 함구하라는 명령으로 입을 굳게 닫고 있다가 다시 이곳으로 오고 있는 중이므로 그 일에 대해서 아는 사람은 해남비룡문 내에 한 명도 없는 것이다.

"그렇군요."

추선장의 태사해문 고수들이 해남비룡문을 족친다고 해도 아무것도 알아낼 것이 없다는 하지만 문파 사람들이 곤욕을 치를 것을 생각하니 전중의 마음이 편하지 않았다.

심할 경우에는 추선장의 고수들이 해남비룡문 사람들을 죽일 수도 있는 것이다.

전중은 화운룡의 표정이 매우 담담한 것을 보고는 이상한 마음에 조심스럽게 물었다.

"주군께선 본 문이 걱정되지 않으십니까?"

"왜 걱정이 안 되겠느냐?"

"그렇지만 주군 표정이 너무 여유롭게 보여서……."

화운룡은 나직하게 웃었다.

"허허헛! 중아."

"네?… 아… 네."

전중은 화운룡이 처음으로 자신의 이름을 불쑥 부르자 화들짝 놀랐다.

화운룡이 주군이라고는 하지만 전중하고는 열네 살 차이가
나는 데다 더구나 화운룡이 마치 팔십 노인 같은 너털웃음을
웃었기 때문이다.

"내가 걱정한다고 본 문의 상황이 나아지겠느냐?"

"그… 렇지는 않겠죠."

"그렇기 때문에 괜한 걱정을 많이 하면 심화가 생길 테고
그리하면 지금 목전의 상황을 명쾌하게 처리하지 못하는 우
를 범할 수도 있다."

"아……."

전중은 마치 머릿속에 맑은 물을 잔뜩 들이붓는 것 같은
깨달음을 얻었다.

해남비룡문의 일에 대해서 걱정이 지나쳐서 안달복달하다
가 정신이 산만해져서 지금 당장 목전의 일을 제대로 처리하
지 못한다면 그야말로 낭패였다.

"어찌하면 주군처럼 냉정할 수 있습니까?"

전중은 화운룡처럼 냉철한 정신력을 갖고 싶었다.

"냉정이 아니다."

"그러면 무엇입니까?"

화운룡은 뭐라고 설명하기가 애매했다.

그의 수양심은 팔십사 년이라는 긴 세월 동안 수많은 경험

과 수행을 통해서 얻어진 것인데 사실대로 말하지 않고는 설명할 방법이 없다.

"수양이다."

"수양이라 하시면······."

그때 화운룡의 얼굴이 흠칫 굳어졌다. 그의 시선은 운하의 뒤쪽 둑길로 향해 있으며 거기에는 이십여 기의 인마들이 먼지를 일으키며 달려오고 있는 중이다.

마상의 인물들은 어깨에 도검을 메고 있으며 한눈에도 무림고수들이다.

또한 그들의 시선이 화운룡 일행이 타고 있는 배를 향하고 있으므로 추격대라는 것을 직감할 수 있다.

전중이 화운룡의 시선을 따라서 인마들을 쳐다볼 때 화운룡은 운하 반대편을 돌아보았다.

'이런······.'

운하 반대편 둑길에서도 이십여 기의 인마들이 달려오고 있다. 추격대가 운하 양쪽에서 맹추격하고 있는 것이다.

화운룡은 벌떡 일어서며 큰 소리로 명령했다.

"속도를 높이고 최대한 빨리 대운하로 나가라!"

여긴 소운하이기 때문에 폭이 십여 장이라서 배가 한복판으로 가고 있는 지금 같은 경우에 운하 양쪽에서의 거리는 오 장으로 좁아진다.

그 정도 거리면 추격대들이 땅에서 도약하여 배까지 도달할 수도 있기에 폭이 넓은 대운하로 나가려는 것이다.

*   *   *

뒤쪽 배에 올라탄 호위장령이 도약하여 앞쪽 배로 옮긴 후에 몸에서 물을 뚝뚝 흘리면서 화운룡에게 달려왔다.

"어쩔 겁니까?"

그도 운하 양쪽 둑길에서 추격하는 인마들을 본 것이다.

"대운하로 나가서 시간을 벌어야겠다."

호위장령은 화운룡의 생각을 알아차렸다.

"그다음에는 어쩝니까?"

"도움을 줄 사람이 이십여 명 이쪽으로 달려오고 있는 중이다. 그들이 도착할 때까지 시간을 벌었다가 합세해서 싸울 수밖에 없겠다."

추격대가 약 사십여 명이고 현재 이쪽에서 싸울 수 있는 사람이 이십이 명, 주천곤의 두 아들까지 이십사 명인데, 도와주러 달려오는 사람 이십여 명이 합세한다면 해볼 만한 싸움이 될 것이다.

그렇다면 무슨 일이 있어도 배가 한시바삐 대운하로 나가야만 한다. 지금 공격을 당하면 속수무책이다.

화운룡이 호위장령에게 명령했다.

"수하 몇을 데리고 뒤로 가서 수면에 장풍을 발출하게!"

호위장령은 큰 소리로 수하 고수 몇 명의 이름을 부르고는 배의 뒤쪽으로 달려갔다.

호위장령과 세 명의 고수들이 배의 뒤에 나란히 서서 수면을 향해 쌍장을 뿜어내기 시작했다.

휘우웅!

퍼퍼펑!

비록 절정고수는 아니지만 네 명의 고수가 장풍을 발출하여 수면을 때리자 갑자기 배의 앞머리가 수면에서 번쩍 들렸다가 쏜살같이 쏘아 가기 시작했다.

화운룡이 탄 배가 앞으로 쭉쭉 뻗어나갔으며 같은 일행인 다른 배는 잠깐 사이에 뒤로 아스라이 멀어졌다.

일행이기는 하지만 이 배에 정현왕 주천곤 부부가 타고 있으며 추격대가 쫓고 있는 사람은 바로 그들이었다.

운하 양쪽의 인마들 중에서 왼쪽 무리가 속도를 늦추어 뒤처진 배와 나란히 달렸다.

그리고 오른쪽의 무리가 쏜살같이 쏘아 가고 있는 선두의 배를 맹추격하고 있다.

추격대로서는 어느 배에 정현왕이 타고 있는지 모르기 때문에 두 척의 배를 다 쫓을 수밖에 없다.

일견하기에는 갑자기 속도를 높여서 달아나고 있는 선두의 배에 정현왕이 타고 있을 가능성이 높지만 그것이 술수일지도 모르기 때문이다.

선두의 배에는 화운룡과 전중, 정현왕 부부와 두 아들, 그리고 호위장령을 비롯한 열다섯 명의 고수가 타고 있다.

이곳에 정현왕이 있기 때문에 이십이 명의 호위고수들 중에서 열다섯 명이나 호위를 하고 있는 것이다.

그 말은 후미의 배에는 열한 명의 왕족과 일곱 명의 호위고수들이 타고 있으며, 추격대의 공격을 받을 경우 쉽사리 무너지고 말 것이라는 뜻이다.

냉정하지만 화운룡은 그것까지도 계산했다.

추격대 사십여 명의 절반이 후미의 배를 공격하기 위해 남겨지고 절반만 선두의 배를 추격하게 되면 싸움이 붙을 경우 충분히 승산이 있다.

마치 도마뱀이 꼬리를 잘라내고 도망치는 것이나 같았다.

후미 배의 사람들에겐 안 된 일이지만 어쩔 수 없는 일이었다. 세상일이란 언제나 이런 식이다. 모두 다 좋을 수는 없다.

후미 배의 호위고수들도 장풍을 발출하여 빠른 속도로 쫓아오는 방법이 있을 테지만 그러지는 않을 것이다.

그쪽 호위고수들은 이쪽에서의 의도하지 않은 계획, 즉 추격대를 절반씩 분산시키는 것을 짐작하고 있을 테니까 살아도 같이 살고 죽어도 같이 죽자는 식의 막무가내로 나오지는 않을 것이다.

그들은 어느 누구보다도 충성심이 뛰어난 정현왕부의 왕궁 호위고수이기 때문이다.

오래지 않아서 후미의 배가 시야에서 사라졌다.

거리가 멀어진 것도 있지만 선두의 배와 후미의 배 사이에 여러 척의 크고 작은 배들이 끼어들어서 시야를 가렸다.

화운룡은 배의 선미에 서서 이제는 보이지 않는 후방을 물 끄러미 바라보았다.

그 순간 그는 절실하게 깨달았다. 자신은 더 이상 예전의 십절무황 절대자가 아니라는 사실을.

지금의 그는 뛰어난 두뇌와 강철 같은 심장, 그리고 평범한 몸뚱이를 지녔을 뿐이었다.

호위장령과 호위고수들은 교대로 수면에 부지런히 장풍을 갈기고 있었다.

배가 갑자기 속력을 높인 것이 이상했는지 선실에 있던 주천곤 부부와 두 아들, 그리고 호위고수들이 밖으로 나왔다.

"무슨 일인가?"

화운룡은 주천곤에게 현재 상황을 간략하게 설명했다.

"아……."

주천곤은 묵묵히 후미를 응시하는데 사유란은 안타까운 표정을 지었다.

"들어가 계십시오."

"아니, 여기에 있겠네."

배는 어느덧 소운하를 벗어나 대운하로 접어들었다.

대운하의 폭은 평균 이십여 장에 달했으며 오고 가는 배들
이 꽤 많았다.

저만치 왼쪽 운하의 둑길에서 이십여 필의 인마가 배와 나
란히 달리고 있는 모습이 보였다.

배가 아무리 빠르다고 해도 말보다 빠를 수는 없으므로 곧
따라잡힌 것이다.

배가 대운하의 복판으로 미끄러져 나아가자 둑길의 인마들
하고의 거리가 십여 장으로 유지되었다.

"그만하게."

화운룡이 호위장령 등에게 장풍으로 수면을 때리는 것을
그만두게 했다.

호위장령 등은 극도로 지쳐서 바닥에 털썩 주저앉아 온몸
을 들썩이며 가쁜 숨을 몰아쉬었다.

주천곤은 둑길에서 나란히 달리고 있는 추격대를 보면서
화운룡에게 나직한 목소리로 물었다.

"이제 어떻게 되는 것인가?"

화운룡은 '다 잘될 겁니다'라는 위로의 말 같은 것은 하고

싶지 않았다.

"우리가 소백호로 들어가기 전에 놈들이 공격하면 싸움이 벌어질 것입니다."

그러면서 일각 후에 대운하가 소백호 남단을 통과하게 될 것이며, 배가 소백호에 진입하면 호수가 워낙 드넓기 때문에 추격대를 충분히 따돌릴 수 있다고 말했다.

화운룡은 주천곤이 사태를 정확하게 알고 있어야지만 어떤 상황에 처하더라도 당황하지 않고 최소한의 도움이라도 될 것이리 편린했다.

도움이라는 것은 주천곤이 화운룡의 결정에 잘 따라주는 것을 뜻한다.

또한 화운룡은 만약 배가 소백호에 진입하기 전에 추격대가 공격하게 되면 한바탕 싸움이 벌어질 수밖에 없을 것이라는 극단적인 예상에 대한 설명을 빠뜨리지 않았다.

그때 호위장령이 낮게 외쳤다.

"화 상공, 저길 보십시오!"

화운룡이 쳐다보자 둑길의 추격대가 말에서 내려 둑 아래 운하로 내려오고 있었다.

추격대가 다른 배를 탈취하여 화운룡 일행의 배로 접근하려는 것이다.

화운룡이 가장 우려하던 일이 벌어지고 있었다. 그런 상황이 되면 도망치는 것은 불가능하고 싸울 수밖에 없다.

"도주해야겠습니다!"

호위장령이 수면에 장풍을 갈기려고 수하들을 이끌고 선미로 가려는 것을 화운룡이 제지했다.

"그만두게."

도주를 하더라도 추격대가 배로 쫓아오면 따라잡힐 수밖에 없다. 이쪽에서 수면에 장풍을 발출하면 저쪽도 똑같은 방법을 쓸 테니까 말이다.

어차피 곧 싸움이 벌어질 텐데 호위고수들이 장풍을 발출하느라 기진맥진 상태가 되면 불리하다.

이제는 도주의 성패를 싸움으로 거는 수밖에 없다.

"주군, 화살입니다!"

순간 전중이 다급하게 외쳤다.

화운룡은 화살을 확인하기도 전에 양쪽 팔로 주천곤과 사유란의 허리를 안고 선실 쪽으로 달리며 외쳤다.

"선부들은 화살을 피하라!"

그는 두 사람을 안으로 힘껏 밀어 넣고 선실 문을 닫았다.

그러고 나서 급히 둑 쪽을 보니까 십여 발의 화살이 허공에 칠팔 장 거리까지 쇄도하고 있는 중이었다.

화운룡이 외친 덕분에 세 명의 선부들은 화살이 쏘아 오는 반대쪽 선실 뒤로 급히 몸을 숨겼으며 호위고수들은 검을 뽑아 쥐고 화살에 대비했다.

쐐애액!

십여 발의 화살이 배를 향해 일제히 낙하할 때 전중이 검을 휘두르면서 급히 화운룡을 선실 뒤쪽으로 이끌었다.

차차차창! 투타타탁!

호위고수들은 피하지 않고 검으로 화살을 쳐냈다. 십여 발 화살의 절반은 검에 의해 부러지고 절반은 선실이나 바다에 날아와 꽂혔다.

"화살이 계속 날아옵니다!"

전중의 외침처럼 화살은 일회성이 아니라 한 호흡의 간격을 두고 계속 날아오고 있었다.

화운룡이 선실 모퉁이에서 보니까 둑 아래에 내려온 추격대 십여 명이 배를 향해 연속적으로 화살을 쏘고 있으며, 다른 십여 명은 뭍에서 가까운 두 척의 배를 탈취하여 올라타고 있는 중이었다.

호위고수들이 쏟아지는 화살들을 쳐내고 있는 사이, 뭍에서 화살을 쏘던 추격대들이 두 척의 배에 나누어 탔다.

추격대가 탄 두 척의 배는 화운룡 일행의 배보다 작아서 속력이 빠를 테니까 따라잡히는 것은 시간문제다.

두 척의 배가 빠르게 다가오면서 이번에는 추격대 이십여 명이 한꺼번에 화살을 발사했다.

추격대의 의도는 화살로 누굴 죽이겠다는 것이 아니라 화운룡 일행이 화살을 피하고 막느라 꼼짝하지 못하도록 붙잡아두려는 것이었다.

선실 뒤쪽에서 화운룡은 염두를 굴렸다. 이대로 싸움이 벌어지면 이쪽이 이길 수도 있지만 주천곤 부부의 안전까지 보장하기는 어렵다. 싸우는 도중에 무슨 일이 일어날지 모르기 때문이다.

궁리를 하던 화운룡의 시야에 삼 장쯤 떨어진 곳에서 지나고 있는 작은 배가 들어왔다.

"장령, 저 배를 끌고 와라!"

그의 말이 떨어지기 무섭게 호위장령이 작은 배로 번쩍 신형을 날렸다.

작은 배에 내려선 호위장령은 다짜고짜 수면에 장풍을 갈겨서 화운룡 일행의 배 쪽으로 밀어붙였다.

화운룡은 이번에는 호위고수들에게 명령했다.

"전하 내외분과 왕자들을 모셔 와라!"

호위고수들이 즉시 반대쪽 선실 문으로 들어가서 주천곤 부부와 두 명의 아들을 데리고 나왔다.

그사이에 호위장령은 작은 배를 끌고 와서 화운룡 일행의 배 옆에 바싹 붙였다.

작은 배는 일 층짜리 납작한 선실이 있으며 앞뒤에 보따리

와 상자들이 수북하게 쌓인 것으로 봐서 장사치의 운반선인
것 같았다.

"아버님, 타십시오."

"운룡."

"곧장 양주로 가십시오."

주천곤은 화운룡의 의도를 알아차리고 감동한 듯 그러나
착잡한 표정으로 그를 바라보았다.

사유란은 눈물을 흘리면서 화운룡의 손을 잡았다.

"용청, 같이 가면 안 돼나요?"

"어머님, 우린 곧 만날 겁니다."

화운룡은 사유란을 달래서 배에 태웠다.

"장령, 아버님을 모셔라."

화운룡이 호위장령에게 명령하자 주천곤이 세차게 고개를
가로저었다.

"아니다. 너는 여기에서 운룡을 도와라."

주천곤은 이미 작은 배에 탄 두 아들까지 도로 화운룡의
배에 타게 했다.

"너희들은 무슨 일이 있어도 반드시 운룡과 함께 살아서
돌아와야 한다."

주천곤은 화운룡을 친아들보다 더 믿고 사랑하게 되었다.

두 아들은 비장한 얼굴로 허리를 굽혔다.

"꼭 그러겠습니다, 아버지."

"아버님, 어머님, 선실로 들어가십시오."

화운룡은 품속에서 돈주머니를 꺼내 주천곤 손에 쥐어주고 등을 밀었다.

"장령, 배를 밀어내라."

호위장령이 힘껏 밀어내자 작은 배는 수면 위로 빠르게 쭉 밀려가며 멀어졌다.

주천곤 부부가 탄 작은 배는 화운룡의 배에 비해 반에 반 크기라서 추격대 쪽에서는 작은 배에 주천곤 부부가 타고 떠나는 것이 보이지 않았다.

"전중, 다른 추격대가 보이느냐?"

화운룡은 주천곤 부부가 탄 배가 멀어지는 것을 응시하면서 물었다.

화운룡은 주천곤의 혈족들이 타고 있는 후미의 배로 몰려간 추격대 이십여 명이 이쪽으로 달려와 합세하는 것을 염려하고 있다.

전중이 배 뒤로 달려가서 후방을 살피며 외쳤다.

"보이지 않습니다!"

그렇다면 다행이다. 추격대 절반 이십여 명과 싸운 후에 시간 차를 두고 나머지 이십여 명과 싸운다면 승산이 있다. 또한 싸우는 중에 해남비룡문 사람들이 도착한다면 그보다 좋은 일이 없을 것이다.

"주군, 놈들이 거의 다 왔습니다!"

추격대의 배가 이쪽 배하고 부딪치기 직전에 전중이 다급하게 외쳤다.

화운룡은 선실 모퉁이를 돌아가면서 단호하게 말했다.

"전중, 너는 나를 보호하지 말고 싸워라."

"주군."

뒤따라오는 전중이 그 말을 듣고 움찔하는데 화운룡은 막 배를 붙이고 이쪽 배로 옮겨 타고 있는 추격대 고수들을 향해 빠르게 달려가면서 오른손으로 어깨의 검파를 잡았다.

같은 순간에 호위장령과 호위고수들도 추격고수들을 향해 파도처럼 덮쳐갔다.

촤촤촤아악!

추격고수들은 배를 옮겨 타는 과정에 몸이 허공에 떠서 균형을 잃은 상황에 맹공격을 받았다.

화운룡은 추격고수 한 명을 표적으로 삼아 용신행을 전개하여 달려가면서 검을 발출했다.

츰!

비록 팔 년 공력이 실렸지만 상대가 절정고수가 아닌 이상 청룡전광검을 피하거나 막을 수 있는 인물은 단연코 없다.

팍!

"큭!"

검이 추격고수의 목 한가운데를 정확하게 찔렀다.

화운룡의 시선이 오른쪽으로 흘렀다.

파앗!

추격고수의 목을 찌른 검을 오른쪽으로 그었다.

팍!

"왁!"

검이 첫 번째 추격고수의 목을 찔렀다가 옆으로 자르고 나가 옆의 추격고수 목에 쑤셔 박혔다.

화운룡은 순식간에 추격고수 두 명을 죽이고는 용신보를 밟으며 뒤로 물러났다.

"후우… 후우……"

방금 공격에 전력을 쏟은 그는 가쁜 숨을 몰아쉬었다.

이쪽 배로 건너오던 추격고수들은 최초의 공격에 다섯 명이 죽음을 당했다.

그들은 정확하게 이십일 명이었으며 이제 십육 명이 남았다.

이쪽은 호위장령을 비롯한 호위고수 십오 명에 주천곤의 두 아들과 전중, 그리고 화운룡까지 십구 명이다.

콰차차차창!

피아가 한데 뒤섞여서 치열한 싸움이 시작됐다. 무기끼리

부딪치면서 불꽃이 튀고 몇 호흡 사이에 비명 소리와 신음 소리가 난무했다.

"흐악!"

"크으윽……!"

화운룡은 선실 쪽으로 물러나서 기회를 엿보았다. 그의 팔년 공력은 한 번 공격으로 깡그리 소진됐다.

완전히 회복하려면 일각 이상의 시간이나 한 차례의 운공조식이 필요하지만 그럴 여유가 없었다.

어쨌든 최소한의 방어라도 하려면 열 호흡 정도의 시간이 지나야지만 가능할 것이다.

화운룡은 추격고수들이 모두 일률적으로 황의 경장을 입었지만 싸우는 동작을 보고 그들이 누군지 즉시 간파했다.

'저놈들은 동창고수로군.'

그렇다면 광덕왕은 자금성의 동창제독을 움직여서 동창고수들로 정현왕부를 습격하고 주천곤 일행을 추격하게 한 것이다.

동창고수들은 어깨에 활과 화살이 담긴 전통을 메고 있으며 오른쪽 어깨에는 검을, 허리에는 도를 차고 있다. 원거리에서는 활을 쏘고 전투에는 상황에 따라서 도와 검을 따로, 혹은 같이 사용한다.

이미 두 명의 적을 죽여서 자신의 몫을 충분히 해낸 화운

룡은 호흡이 어느 정도 가라앉자 세 번째 먹잇감을 찾으려고
눈을 빛냈다.

싸움은 팽팽했다. 이쪽 호위고수들이 미세하게 우세했으나
짧은 시간에 결판을 낼 정도는 아니다.

주천곤의 두 아들 주대영(朱大英)과 주화결(朱華決)은 호위고
수에 비해 조금 약하고 전중보다는 고강했다.

최약체인 전중은 자신의 한 몸 지키기에도 버거웠다. 그는
아직 적을 한 명도 죽이지 못하고 미친 듯이 검을 휘두르면서
방어하기에 급급했다.

第六章
실종

"중아, 이리 와라!"

화운룡은 큰 소리로 전중을 불렀다.

화운룡은 전중이 싸움터에서 빠져나오는 동안 재빨리 주위를 둘러보았다.

싸움은 선실 너머에서 벌어지고 있으며 선부들은 선실 지붕으로 피한 상태에서 사태를 지켜보며 여차하면 강물로 뛰어들려는 모양새다.

화운룡은 전중 혼자서는 동창고수들과 싸우는 것이 역부족이라고 판단했다.

그래서 임기응변으로 생각해 낸 것이 바로 양체합일법(兩體合一法)이다.

말하자면 키가 큰 화운룡이 전중의 뒤에 서서 그의 양팔을 잡고 한 몸이 되어 움직이는 방식인데, 그렇게 하면 그의 초식과 전중의 공력이 하나가 된다.

전중이 간신히 빠져나와 뒷걸음질 쳐서 올 때 화운룡은 뒤돌아보다가 안색이 변했다.

배 한 척이 측면에서 다가오고 있는데 뒤쳐졌던 후미의 배가 틀림없다.

그리고 그 배의 앞 갑판에는 추격대, 즉 황의 경장을 입은 동창고수들이 도검을 뽑아 쥔 채 서 있는 모습이 보였다.

그렇다면 저 배에 타고 있던 정현왕의 혈족들과 호위고수들은 모두 죽었다는 얘기다.

화운룡에게 다가온 전중이 오 장까지 다가오고 있는 배를 보고는 사색이 됐다.

"주군……."

"태주에서 오는 길이 어디냐?"

전중이 운하의 왼쪽을 가리켰다.

"저쪽입니다."

화운룡은 선실 지붕에 모여 있는 선부들에게 운하 왼쪽을 가리키며 외쳤다.

"배를 저쪽 뭍에 붙여라!"

해남비룡문에서 달려오는 사람들이 즉시 싸움에 합류할 수 있도록 하려는 것이다.

선부들이 주춤거리자 화운룡이 버럭 외쳤다.

"여기 있다가는 다 죽는다! 배를 뭍에 붙이고 나서 너희들은 도망쳐라!"

도망치라는 말에 선부 한 명이 선실 뒤쪽으로 뛰어내려 몰래 조타를 잡고 방향을 틀려고 하는데 동창고수 한 명이 득달같이 덜리왔다.

파앗!

"으악!"

선부는 동창고수의 도에 가슴이 쪼개져서 피를 뿜으며 물에 떨어졌다.

화운룡과 전중이 선미의 조타로 달려가는데 방금 선부를 죽인 동창고수가 두 사람을 향해 돌아서더니 공격해 왔다.

"앞에 서라!"

화운룡이 명령하면서 전중의 뒤에 바싹 붙었다.

화운룡과 전중이 이상한 행동을 하자 동창고수는 멈칫했으나 다시 곧장 짓쳐들어오며 수중의 도를 맹렬하게 그었다.

쉬이잉!

동창고수와 일대일로 싸우면 백전백패할 실력의 전중은 본

능적으로 움찔했다.

화운룡은 몸의 앞면을 전중의 몸 뒷면에 찰싹 붙이고 양손으로 그의 양 손목을 잡으며 빠르게 속삭였다.

"공력을 일으켜라."

전중은 동창고수의 도가 자신의 정수리를 향해 세로로 그어오는 것을 보면서 재빨리 공력을 일으켰다.

화운룡은 전중이 공력을 일으켰는지 어쨌는지 확인할 겨를도 없이 그의 뒤에 바짝 붙어서 두 다리로 그의 다리를 밀면서 용신보를 전개했다.

스사사……

휘잉!

화운룡과 전중이 일체가 되어 오른쪽으로 한 걸음 미끄러지자 도가 두 사람의 왼쪽 어깨를 한 뼘 사이로 아슬아슬하게 스치며 지나갔다.

파아아—

그러나 동창고수의 초식은 아직 끝나지 않고 진행 중이었다. 그어 내리던 도가 중간에서 물 흐르듯이 방향을 바꿔 화운룡과 전중의 허리를 베어왔다.

스웃—

화운룡과 전중의 일체된 몸이 슬쩍 뒤로 물러나 도첨이 아슬아슬하게 배 앞쪽을 스쳐 가자마자 바람처럼 앞으로 전진하며 수중의 검을 힘껏 뻗었다.

푹!

"끅……!"

동창고수는 다음 동작을 취하지 못하고 심장에 검이 깊숙하게 꽂혔다.

화운룡은 동창고수를 검으로 찌른 채 그대로 밀고 나가 물에 밀어버렸다.

첨벙!

이어서 새빨리 허리를 굽혀 조타를 왼쪽 방향으로 약간 들어 고정시켜 놓고 다시 전중 뒤에 붙었다.

"정신 바짝 차리고 몸에서 완전히 힘을 빼라."

화운룡의 주문에 극도로 긴장한 전중은 대답도 하지 못했다.

다가오는 배가 이쪽 배와 부딪치기도 전에 동창고수들이 속속 신형을 날렸다.

화운룡이 선실 너머의 호위고수들에게 외쳤다.

"동창견(東廠犬)들이 더 왔으니 조심하라!"

그는 동창고수들을 개라고 불렀다. 그가 그 사실을 알리는 것은 새로 합류한 동창고수들이 호위고수들의 배후를 공격하는 것을 조심하라는 뜻이었다.

화운룡은 전중의 몸을 밀면서 앞으로 쏘아 갔다.

전중의 공력은 사십 년 수준이고 화운룡은 공력 팔 년이니까 둘이 합하면 거의 오십 년이며 그 정도면 아쉬운 대로 쓸 만했다.

전중은 자신을 향해 동창고수들이 무더기로 마주쳐 오는 것을 보고 극도로 긴장하여 몸이 뻣뻣해졌다.

"힘 빼라!"

화운룡이 버럭 외치자 전중은 움찔 놀라서 황급히 몸에 힘을 뺐다.

화운룡은 지금까지 싸움을 수만 번도 더했으므로 가히 전신(戰神)이라고 할 수 있다.

불과 오십 년 공력이지만 전신인 그가 전개하면 백 년 공력의 위력을 발휘하게 된다.

슈우우─

'아아……'

화운룡이 용신행을 전개하여 쏘아 가자 전중은 놀라서 내심으로 탄성을 터뜨렸다.

그는 이날까지 이처럼 절정의 경공을 본 적도 없는데 지금은 자신이 직접 몸으로 체험하고 있었다.

무더기로 쏘아 오는 동창고수들을 향해 정면으로 맞부딪쳐 가고 있지만 전중은 왠지 두려움이 빠르게 사라졌다. 화운룡의 실력을 직접 체험하고 있기 때문이다.

'힘을 뺀다, 힘을……'

그가 할 일은 몸에서 힘을 빼는 것뿐이다. 그는 최대한 힘을 빼면서 이 오묘하고 불가사의한 신기에 몸을 실었다.

화운룡과 전중의 합일된 몸과 검에서 이번에는 단천검법이 펼쳐졌다.

쐐쐐애액!

화운룡이 단천검법을 전개하는 이유는 그가 전중에게 전수한 검법이 단천검법이기 때문에 실전에서 어떻게 시전하는지 시야를 넓혀주려는 의노나.

단천검법이 전개되자 전중은 흡사 자신의 손으로 전개하는 듯한 착각에 빠졌다.

뿐만 아니라 평소에 그가 단천검법을 연마할 때 죽어도 넘을 수 없던 어려운 동작들이 화운룡에 의해서 술술 전개되는 것을 체험하면서 쉽게 이해가 됐다.

동창고수들은 화운룡과 전중이 합체하여 돌진하는 모습이 이상할 텐데도 개의치 않고 저돌적으로 공격해 왔다.

화운룡은 무더기로 돌진해 오는 동창고수들을 정면으로 뚫고 지나갈 생각은 하지 않았다.

혼자라면 아무 문제 없지만 둘의 합체가 움직이는 것은 아무래도 굼뜰 테니까 말이다.

그러니까 가장 편하고 간명한 방법, 즉 한 놈씩 차례대로 죽이면서 전진한다.

팍! 팍!

"큭……."

"어흑!"

가장 선두에서 돌진하던 동창고수 두 명의 미간이 세로로 쪼개졌다.

단천검법은 몹시 빠르다. 청룡전광검만큼은 아니지만 동창 고수들이 전개하는 검법이나 도법보다 최소한 두 배에서 세 배 이상 쾌속하다.

또한 단천검법이라는 이름에서 짐작하듯이 단천, 즉 하늘 을 쪼갤 정도로 위력적이다.

그래서 단천검법은 적의 정수리나 미간을 세로로 가르는 것이 주공격이다.

화운룡은 용신보를 밟아 순간적으로 뒤로 물러나면서 단 천검법 오초식을 연이어 전개하여 방금 미간이 쪼개진 두 명 사이로 뚫고 나오는 또 다른 두 명을 공격했다.

파팍!

한 명은 미간을 쪼갰지만 다른 한 명은 앞에서 쓰러지고 있 는 동창고수 때문에 왼쪽 가슴의 심장을 그었다.

검첨이 적의 심장 속으로 한 뼘쯤 위에서 아래로 쪼갰다가 물러나자 피가 분수처럼 확 뿜어졌다.

선두 두 명과 그 뒤의 두 명 도합 네 명이 순식간에 당해서 달려가던 몸이 멈추며 기우뚱하자 뒤따르던 동창고수들은 멈칫하며 돌진하는 것을 멈추었다.

그들은 불과 한 호흡에 동창고수 네 명을 거꾸러뜨리는 괴이한 양체합일을 보고는 몹시 놀라며 가슴이 서늘해졌다.

화운룡은 다시 용신행을 전개하여 쏘아 갔다.

슈우—

동창고수들 중에 누군가 짧게 외쳤다.

"산전(散戰)!"

순간 동창고수들이 좍 흩어졌다. 산전, 말 그대로 흩어져서 싸우라는 뜻이다.

동창고수들은 화운룡의 정면과 좌우, 그리고 허공으로 세 명씩 떠올랐다.

협공을 하겠다는 것인데 전신 앞에서는 어린아이가 재롱떠는 수준일 뿐이다.

동창고수들이 산전을 전개하는 순간에도 화운룡은 움직임을 멈추지 않고 곧장 전방의 세 명을 향해 이번에는 청룡전광검을 전개했다.

단천검법보다는 청룡전광검이 화운룡의 손에 익었고 또 공력 소모가 적으며 다수를 상대할 때 유리하다.

휘이잉!

동창고수들이 일제히 도검을 휘두르자 바람을 가르는 소리가 묵직하게 울렸다.

사아아—

화운룡의 검이 바람을 가른다 싶더니 전방 세 명의 동창고수들의 목 언저리에서 민지를 털 듯 훑었다.

파아앗—

세 명의 목이 뎅겅 잘라지면서 허공으로 떠오를 때 전진하던 화운룡이 그 자리에서 한 바퀴 빙글 회전했다.

스파아앗!

얼핏 보면 그저 한 바퀴 회전하면서 팔을 쭉 뻗어 검을 수평으로 그은 것 같지만 사실 청룡전광검 일초식 팔변이 찰나지간에, 그리고 한꺼번에 시전된 것이다.

양쪽 여섯 명의 동창고수는 도검으로 공격을 전개하고 있는 중이지만, 화운룡의 검은 여섯 자루 도검을 교묘하게 피하면서 찌르고 베었다.

"허윽!"

"크억!"

여섯 명의 동창고수가 답답한 신음 소리를 내며 이승과 하직하고 있을 때 허공에 떠 있는 상태인 동창고수 세 명의 도검이 무섭게 화운룡과 전중의 머리를 짓쳐들어왔다.

이런 상황에서 피하는 것과 반격을 가한다는 것은 사실상 불가능한 일이다.

　물론 그것은 보통 사람들에 국한된 얘기이지 전신에겐 해당 사항이 없었다.

　화운룡은 무릎으로 전중의 다리를 툭 쳐서 뒤로 자빠지게 만들어 철판교의 수법으로 바닥에 거의 누운 자세를 취해서 공격을 피하는 것과 동시에 청룡전광검 이초식을 전개했다.

　치잉—

　검신이 부르르 가볍게 떨면서 검첨 한 뼘이 양쪽으로 반월처럼 휘며 푸르스름한 기운을 뿜어냈다.

　누운 자세의 전중은 검에서 뿜어지는 물고기 비늘처럼 생긴 세 개의 검린(劍鱗)을 발견했다.

　그러고는 세 개의 검린이 폭죽처럼 솟구쳐 올라 세 명의 동창고수 얼굴과 목, 심장을 관통하는 광경을 지켜보았다.

　파파아아—

　사실 방금 발출한 세 개의 검린은 검풍(劍風)이다. 특수한 수법으로 검첨을 매우 빠르게 흔들거나 휘어서 공기를 원하는 크기로 잘라내어 암기처럼 사용하는 것인데 공력 소모가 크다. 위험한 상황이 아니었으면 전개하지 않았을 것이다.

　화운룡은 추락하는 동창고수 세 명을 피하려고 몸을 한 바퀴 굴린 후에 벌떡 퉁기듯 일어났다.

　그 순간 합체한 두 사람의 몸이 크게 휘청거렸다. 이유는 방금 전개한 검풍으로 전중의 공력이 많이 소모됐기 때문이다.

푹!

"흑!"

그때 한 자루 검이 전중의 옆구리를 찔렀다.

부악!

같은 순간 도가 화운룡의 등을 베었다. 하지만 그는 신음조차 흘리지 않았다.

위기는 느닷없이 찾아왔다. 화운룡은 일단 위기에서 벗어나기 위해 용신보를 밟으면서 사방으로 맹렬하게 청룡전광검 이초식을 떨쳤다.

지이잉—

조금 전보다 약한 음향이 울리며 하나의 둥근 원형의 고리를 형성한 검풍이 사방으로 파도처럼 밀려 나갔다.

"흐악!"

"크으……."

신음 소리가 터질 때 화운룡은 급히 용신보를 밟아 그곳에서 빠져나왔다.

"전중, 많이 다쳤느냐?"

"으으… 주군……."

전중은 괜찮다고 말하려는데 지독하게 아파서 대답을 하지 못하고 그 자리에 풀썩 주저앉았다.

그는 피가 쿨럭쿨럭 쏟아지는 옆구리를 움켜잡은 채 일그러진 얼굴로 화운룡을 올려다보았다.

"으윽… 주군… 괜찮으십니까?"

"나는 괜찮다."

화운룡은 베인 등이 화끈거렸으나 아무렇지도 않은 듯이 대답했다.

*   *   *

전중은 검으로 바닥을 짚고 일어서려고 하는데 뜻대로 되지 않고 신음 소리만 끙끙거렸다.

화운룡이 어깨의 자신의 검을 잡으면서 쳐다보자 동창고수들이 잔뜩 긴장한 얼굴로 천천히 접근하고 있었다.

나중에 합류한 이십일 명 중에 화운룡이 순식간에 십육 명을 죽였으므로 동창고수들은 그가 절정고수라 믿고 감히 함부로 덤벼들지 못했다.

조타 쪽 선미에 있는 화운룡이 힐끗 보니까 제일진 동창고수들과 싸우고 있는 호위장령을 비롯한 호위고수들, 그리고 주천곤의 두 아들 주대영과 주화결은 예상하고는 달리 고전하고 있는 중이었다.

바닥에는 동창고수들과 호위고수들이 뒤섞여서 쓰러져 있으며 부상당한 자들은 싸움터 밖에서 끙끙거리며 신음 소리를 내고 있었다.

피아간에 싸우고 있는 자들은 삼십여 명 정도다. 십오륙 명이상이 죽거나 다친 것이다.

화운룡은 자신을 향해 점점 가까이 다가오는 동창고수들을 쳐다보면서 검파를 잡은 손에 팔 년 공력을 주입했다.

남은 동창고수는 다섯 명이다. 통로가 좁기 때문에 세 명이 나란히 오고 그 뒤에 두 명이 따르고 있었다.

앞선 세 명이 거의 어깨를 맞대고 있을 정도로 비좁은 터라서 검으로 베기는 할 수 없고 찌르기만 가능할 터이다.

싸움 경험이 풍부하다면 이런 비좁은 공격 전형을 취하지는 않았을 것이다.

화운룡의 머리가 빠르게 회전하며 계산했다. 젖 먹던 힘을 다하면 앞의 세 명을 죽일 수는 있다.

문제는 공력이 고갈된 직후에 쇄도할 뒤의 두 명의 공격을 어떻게 하느냐는 것이다.

그런데 그가 뒤의 두 명을 어떻게 할 것인지 미처 생각하기도 전에 전면 세 명의 공격이 시작됐다.

쐐애액!

그들은 화운룡이 절정고수라고 판단했기에 전력을 다해서

공격을 펼쳤다.

타앗!

화운룡은 그들을 향해 곧장 마주쳐 나갔다.

충돌 직전 힘껏 몸을 날려 오른발로 선실 벽을 디뎠다.

몸이 수평으로 눕혀질 때 전면의 세 명을 향해 청룡전광검 일초식을 펼쳤다.

파아앗!

"큭……."

"이윽……."

그의 검이 전면 세 명의 목을 잘랐다.

그는 몸이 수평인 상태에서 선실 벽을 딛으면서 빠르게 달려 나갔다.

이제 힘껏 벽을 박차면서 뒤쪽의 두 명을 향해 몸을 날리며 최후의 일검을 날리면 된다.

그때 배가 뭍에 충돌하며 선체가 크게 흔들리면서 벽을 박차려던 그의 두 발이 삐끗하여 몸이 그대로 추락했다.

쿵!

"윽……."

그는 두 명 남은 동창고수에게서 벗어나 뒤쪽 바닥에 둔탁하게 쓰러졌다.

마지막 한 방울의 기력을 쏟아부으려고 했던 그는 바닥에 오른쪽 어깨를 호되게 부딪치면서 일어나지 못했다.

"으으……."

잠시 균형을 잃고 비틀거렸던 두 명의 동창고수가 화운룡을 향해 돌아섰다.

그러고는 쓰러져서 자신들을 쳐다보고 있는 화운룡의 목과 심장을 향해 그대로 검을 찔렀다.

뾰족하고 날카로운 두 자루 검이 찔러 오는 아주 짧은 찰나의 순간에 화운룡의 머리와 망막에 어이없을 정도로 수많은 생각과 기억들이 떠올랐다가 사라졌다.

그리고 마지막으로는 옥봉의 미소 짓는 아름다운 모습이 크게 떠올랐다.

전신 화운룡은 죽는 순간에도 눈을 깜빡인다든지 비명이나 신음 소리를 내는 소인배 모습은 보이지 않는다.

뚝…….

그런데 찔러 오던 두 자루 검첨이 화운룡의 목과 심장 반 뼘 거리에 정지했다.

그러더니 검첨이 점점 멀어지고는 그를 죽이려던 두 명의 동창고수의 몸이 스르르 뒤로 쓰러지는데 그들의 정수리에 뚫린 매우 작은 구멍에서 핏방울이 아이들 장난하는 것처럼 퐁퐁 솟구쳤다.

쿵!

그리고 쓰러진 그들의 발끝에 핏빛 두봉(斗篷: 망토)을 걸친 운설이 소리 없이 사뿐히 내려섰다.

그녀는 화운룡을 굽어보며 보일 듯 말 듯 미소 지으며 손을 내밀었다.

"천하제일인 몰골이 말이 아니로군요?"

화운룡은 그녀의 손을 잡으며 빙그레 미소 지었다.

"날 놀리는 너의 말투는 변함이 없구나."

운설은 팔을 당겨 그를 일으켜 주었다.

"내가 당신을 놀렸다고요?"

일으켜지는 바람에 운설 바로 앞에 몸이 밀착할 것처럼 우뚝 서게 된 화운룡이 팔을 뻗어 그녀의 가느다란 허리에 둘렀다.

운설의 뒤쪽 조타 옆에 주저앉아 있는 전중은 그녀의 허벅지까지 덮은 긴 두봉 때문에 화운룡의 손이 보이지 않았다.

사실 화운룡이 그녀의 허리를 안은 것은 쓰러지지 않으려는 것이었다.

그는 최후의 한 방울까지 기력을 죄다 소진한 데다, 선실 벽을 타다가 바닥에 떨어져서 충격을 받았으며 등에 난 상처에서 계속 피를 흘리고 있는 터라 그녀의 허리를 안지 않았으면 쓰러지고 말았을 것이다.

그 바람에 두 사람의 몸 앞면이 밀착되자 운설은 흠칫했지만 피하거나 화운룡을 밀어내지는 않았다.

그런 상태에서 화운룡은 빙그레 미소 지었다.

"운설 너는 마누라처럼 굴었다니까……."

슥—

그의 손이 아래로 축 처지듯이 흘러내리더니 얼굴이 숙여지며 어깨에 기대면서 뺨이 서로 마주 닿았다.

"당신……."

운설은 발끈했지만 지난번 화운룡의 무릎에 앉았을 때처럼 지금 역시 아무런 행동을 취하지 못했다.

그녀는 제남 은한천궁에서 화운룡과 헤어진 이후 자신이 어째서 그에게 꼼짝하지 못하는 것인지에 대해 줄곧 생각했었지만 지금까지도 해답을 얻지 못하고 있었다.

지금의 그녀는 자신이 화운룡의 무황십이신 중에 한 명이었다는 사실과 그가 육십사 년 후의 미래에서 왔다는 사실을 믿게 되었다.

지난번에 화운룡은 그녀에게 유성보주 우창성을 족치면 전 남편 임용을 둘째 사형인 영파가 죽였다는 사실을 알게 될 것이라고 했었다.

그녀는 화운룡과 헤어진 후에 유성보주를 제압하여 잔인하게 고문을 했으며 그 결과 그가 영파와 짜고 임용을 죽였다는 실토를 받아냈다.

화운룡이 했던 많은 말이 거짓이라면 그런 사실들을 그토록 정확하게 알 리가 없다.

운설은 화운룡이 뺨을 댄 상태로 가만히 있자 어색함을 견디기가 힘들었다.

"이봐요."

그녀가 불렀으나 화운룡은 잠자코 있었다.

그때 문득 그녀는 그의 숨소리가 불규칙하다고 느꼈다.

그녀는 급히 그를 밀어내다가 그가 스르르 주저앉듯이 쓰러지자 화들짝 놀라서 두 팔로 덥석 안았다.

운설은 그를 끌어안고 일으키다가 그의 등이 흠뻑 젖은 것을 느끼고 안색이 변했다.

'다쳤어……'

그때 혈영살수 한 명이 선실 모퉁이를 돌아 나오며 운설에게 보고했다.

"모두 처치했습니다."

혈영살수들이 남은 동창고수들을 모조리 죽였다는 얘기다.

운설은 축 늘어진 화운룡을 안고 주위를 둘러보다가 주저앉아 있는 전중을 턱으로 가리켰다.

"너는 저자를 안고 따라와라."

　　　*　　　　*　　　　*

화운룡은 해남비룡문 운룡재 자신의 침실에서 다음 날 아침에 깨어났다.

"용공!"

그의 미리맡에 앉아 있던 옥봉이 왈칵 눈물을 쏟으면서 그에게 안기며 울부짖었다.

"봉애."

화운룡은 옥봉이 얼마나 걱정했을지 짐작하고 그녀의 머리와 등을 부드럽게 쓰다듬었다.

"나는 괜찮다."

"용공……."

옥봉은 그를 부르면서 그저 울기만 했다. 얼마나 걱정했는지 아느냐고, 걱정하느라 숨이 막혀서 죽는 줄 알았다고 말하지 않았지만 화운룡은 그녀의 심정을 고스란히 알 수 있었다.

침상 옆에는 장하문과 운설이 나란히 서 있다가 화운룡이 쳐다보자 장하문이 공손히 허리를 굽히고 나서 말했다.

"주군의 상처는 심하지 않습니다. 뼈는 다치지 않았고 피를 많이 흘리신 정도입니다."

그러고 나서 장하문은 현재 상황에 대해서 설명했다.

배를 공격했던 동창고수 사십이 명을 한 명도 빠짐없이 모두 죽었다는 것.

추격대 본진 육십팔 명을 운설과 혈영살수들이 깡그리 죽였다는 것.

주천곤 부부가 실종됐다는 것.

후미 배에 타고 있던 혈족들은 모두 무사하다는 것.

주천곤의 큰아들 주대영이 심한 부상을 당했으며 호위고수 다섯 명이 죽고 일곱 명이 부상을 당했다는 것 등이다.

"친족들은 무사하다는 것인가?"

"그렇습니다. 동창고수들은 전하가 목적이라서 그들을 죽일 겨를도 없이 즉시 선두의 배를 뒤쫓았던 것 같습니다."

"다행이다."

말은 그렇게 했지만 화운룡의 마음은 무거웠다. 주천곤 부부가 실종됐기 때문이다.

그는 주천곤 부부를 살리느라 근처의 아무 배나 붙잡고 태워 보냈었는데 그 당시에는 최선의 선택이었다. 두 사람이 그대로 배의 선실에 있었다면 싸움 와중에 동창고수들에게 해를 당했을 가능성이 컸다.

그때 화운룡은 두 사람에게 돈주머니를 주면서 '양주로 가라'고 당부했다.

돈주머니에는 금화를 비롯하여 은자로 치면 천 냥 이상이 들어 있었기 때문에 두 사람이 그 돈으로 좋은 객잔에서 편안하게 휴식을 취하면서 기다릴 것이라고 생각했다.

그런데 이제 와서 돌이켜 생각해 보니까 그것은 화운룡의 안이한 생각이었다.

화운룡이 주천곤에게 돈주머니를 주는 광경을 그 배에 타고 있던 장사치들이 목격했을 테니까 그 돈주머니를 뺏기 위해서라도 주천곤 부부에게 못된 짓을 했을 수도 있는 것이다.

그렇다고 그 당시에 주천곤 부부에게 돈을 주지 않을 수도 없는 상황이었다.

그들은 필시 돈을 지니고 있지 않았을 텐데 한 푼 없이 남의 배에 태워져서 뭘 어떻게 할 수 있었겠는가.

옥봉은 아무렇지 않은 표정을 짓고 있지만 그녀가 얼마나 상심하고 있을지는 화운룡이 더 잘 알고 있다. 부모의 생사를 알 수 없는 상황인데 어찌 상심하지 않겠는가.

그가 침상에서 바닥으로 내려서자 모두들 깜짝 놀랐다.

"용공, 왜 내려오시는 건가요?"

"주군!"

화운룡은 자신이 잠옷을 입고 있는 것을 알고 소랑을 불렀다.

"랑아, 옷을 갈아입어야겠다."

침실에서 나가는 그를 옥봉과 장하문, 운설이 뒤따랐다.

"용공, 어딜 가시려는 거죠?"

"아버님과 어머님을 찾으러 가야지."

부모의 안위가 걱정돼서 물 한 모금 마시지 못하는 옥봉이지만 다친 화운룡이 더 걱정이다.

"용공은 몸이 성치 않으신데……."

운설은 눈이 부실 정도로 아름답지만 아직 어린 옥봉이 화운룡에게 마치 아내처럼 염려하고 잔소리를 하는 것 같은 광경을 보고 두 사람의 관계가 언뜻 이해되지 않았다.

그러면서 자신이 조금 알고 있는 화운룡이라면 이쯤에서 옥봉을 꾸짖을 것이라고 나름대로 예상을 했다.

과연 화운룡이 걸음을 멈추고 뒤돌아서자 운설은 '그럼 그렇지' 하는 표정을 지었다.

화운룡은 옥봉 앞에 한쪽 무릎을 꿇고 온화한 미소를 지었다.

"봉애, 싸우러 가는 것이 아니라 그냥 두 분을 찾으려는 거야. 위험한 일은 없어. 알겠지?"

옥봉은 커다랗고 아름다운 눈으로 그를 바라보았다.

"혈영단주를 데리고 가시는 게 어떤가요?"

"그렇게 하지."

옥봉은 화운룡의 상처를 치료한 장하문을 쳐다보았다.

"장 군사, 상처는 괜찮을까요?"

장하문은 공손히 대답했다.

"오늘 자정쯤에 치료하면 됩니다."

옥봉이 화운룡에게 당부했다.

"자정 전에 돌아오실 수 있죠?"

화운룡은 빙그레 미소 지었다.

"분부대로 하겠습니다."

옥봉은 살싹 얼굴을 붉혔다.

"어서 가세요."

지켜보고 있던 운설은 자신의 눈을 의심했다.

화운룡이 옥봉을 마치 아내를 대하듯 하는 것은 고사하고, 옥봉의 언행은 운설 자신보다도 더 우아하고 품위가 있었다.

더구나 옥봉은 방금 '혈영단주를 데리고 가시는 게 어떤가요?'라는 제안까지 했으며 화운룡은 당연한 듯이 그 제안을 받아들였다.

운설은 옥봉에게 괜히 주눅이 들었다.

'쟤 뭐야?'

화운룡이 운설에게 '마누라처럼 군다'라는 말을 했기 때문에 그녀는 자신이 화운룡의 마누라가 된 것 같은 기분을 조금쯤 느끼고 있다가 찬물을 뒤집어쓴 것 같은 느낌이 들었다.

한 시진 후 화운룡과 운설은 양주현에 나타났다.

운설이 화운룡을 안고 최고의 경공술을 전개한 덕분에 한 시진 만에 온 것이다.

운설은 화운룡을 안고 양주까지 한 시진을 오는 동안 그와 꽤 많은 대화를 나누었으며 그 덕분에 그와 더 가까워질 수 있게 되었다.

운설은 이날까지 누군가를 안고 달린 적이 한 번도 없었으며 그것도 한 시진씩이나 안고 달릴 일은 앞으로도 죽을 때까지 결코 없을 것이다.

이런 상황들을 겪으면서 그녀는 자신이 무황십이신 중에 한 명이 되어 화운룡의 마누라처럼 행동했다는 밀이 조금씩 실감 나기도 했다.

어쨌든 그녀는 어떤 형태로든 화운룡하고 끊으려야 끊을 수 없는 친밀한 관계가 되어가고 있다는 느낌을 받았다.

운설은 핏빛 혈의와 두봉은 눈에 잘 띄니까 평범한 옷을 갈아입으라는 화운룡의 조언에 따라서 엷은 연녹색의 경장 차림을 하고 있다.

양주현 거리에 들어서기 전에 운설이 그를 땅에 내려주었다.

"걸을 수 있겠어요?"

"괜찮다."

"힘들면 내가 안고 갈게요. 걷다가 쓰러지기라도 하면 어떻게 해요."

화운룡은 묵묵히 운설을 쳐다보았다.

그가 아무 말도 하지 않고 쳐다보기만 했지만 운설은 자신이 또 마누라처럼 잔소리를 했다는 느낌이 들어서 살짝 얼굴이 붉어졌다.

"알았어요. 그냥 가요."

그녀는 여러 가지 복잡한 심정, 즉 자신이 화운룡에게 본의 아니게 자꾸 잔소리를 하고 있다는 것과 그런 사실을 깨닫고 스스로 부끄러워한다는 사실 때문에 마음이 엉킨 실타래처럼 어수선해졌다.

'내가 왜 이러지?'

그녀는 빠르게 걸으면서 뒤돌아보며 짐짓 차갑게 말했다.

"빨리 따라오지 않고 뭘 하고 있는 거죠?"

그 말 역시 잔소리라는 것을 깨달은 그녀는 마음이 뒤숭숭해져서 더 빨리 걸었다.

단언하건대 그녀는 주위 사람들이 벙어리라고 할 정도로 과묵한 편이며 사람들, 특히 남자를 벌레처럼 싫어했다.

第七章
용설운(龍雪雲)

화운룡은 태주에서 출발하기 전에 탁목방 막화에게 주천곤 부부를 찾으라고 지시했다.

하오문끼리는 서로 잘 통하기 때문에 막화가 주천곤 부부의 인상착의를 양주현의 하오문들에게 돌려서 찾아내는 것은 시간문제일 것이다.

물론 주천곤 부부가 아직 살아 있으며 양주현 내에 머물러 있다는 전제하에 말이다.

화운룡과 운설은 먼저 양주현 약간 외각에 있는 한암장으로 찾아갔다.

한암장에는 주천곤의 둘째 아들 주화결이 혈족 십삼 명, 호위고수들과 함께 있다가 화운룡을 맞이했다.

운하에서 구해진 그들은 해남비룡문 무사의 안내로 한암장으로 직행했다.

주천곤의 큰아들 주대영을 비롯한 호위고수 부상자들은 해남비룡문으로 데리고 가서 치료를 하고 있는 중이다.

역시 한암장에는 주천곤 부부가 오지 않았다. 그들은 자신들이 한암장에 묵게 될 것이라는 사실을 몰랐기 때문에 제 발로 찾아왔을 리가 없다.

화운룡과 운설은 다시 한암장을 나왔다. 둘째 아들 주화결이 자신도 같이 부모님을 찾겠다고 따라 나오려는 것을 화운룡이 만류했다.

주천곤을 찾는 추격대가 더 있을 수도 있고 주화결이 사람들 눈에 띄어서 좋을 게 없기 때문이다.

한암장에는 장하문이 미리 하인과 하녀들을 데려다두었기 때문에 주화결과 혈족들이 생활하는 데는 조금도 불편하지 않을 것이다.

화운룡과 운설은 두 시진 동안 양주현 거리를 헤맸지만 주천곤 부부를 찾지 못했고 하오문으로부터 아무런 소식도 접하지 못했다.

화운룡은 하오문을 일부러 찾아갈 필요가 없으며 양주현의 하오문이 어디에 있는지도 몰랐다.

하오문이 달리 하오문인가. 화운룡이 어디에 있든지 볼일이 있다면 그들이 제 발로 찾아올 것이다.

몸이 성치 않은 화운룡은 운설과 주루에 들어가서 요기를 하면서 휴식을 취했다.

화운룡은 주천곤 부부의 안위를 걱정하느라 마음이 몹시 심란했다.

경황 중에 그들을 살리느라 먼저 보냈던 것과 돈주머니를 줘서 장사치들에게 흑심을 품게 한 것이 자꾸만 후회가 됐다.

만약 주천곤 부부에게 무슨 일이라도 생긴다면 그는 평생 옥봉에게 죄를 짓고 살아야만 할 것이다.

"안색이 좋지 않아요."

맞은편에 앉은 운설이 화운룡의 창백한 얼굴을 보며 염려스러운 표정을 지었다.

"조금 힘들군."

"잠시 쉴래요?"

화운룡이 고개를 끄떡이자 운설은 점소이를 불러서 깨끗하고 좋은 객방을 하나 달라고 했다.

요즘은 더러 젊은 남녀가 대낮에 객방을 빌려서 잠시 동안 운우지정을 나누고 가는 터라서 점소이는 화운룡과 운설을 그런 남녀로 생각했다.

그런 남녀들은 점소이에게 약간의 소비(小費)를 주는 것이 상식으로 되어 있다.

남녀가 정사를 하면서 신음 소리를 내도 밖에서 잘 들리지 않을 가장 막다른 객방 앞으로 두 사람을 안내한 점소이는 묘한 미소를 지으면서 문을 열어주고는 가지 않고 서서 운설이 소비를 주기를 기다렸다.

운설이 객방 안으로 들어가면서 문을 닫으려고 하자 점소이가 문을 잡고 놔주지 않았다.

"뭐냐?"

운설이 냉랭하게 묻자 점소이는 능글맞게 웃었다.

"잊으신 게 없습니까?"

"뭘 말이냐?"

점소이는 손가락 두 개로 동그라미를 만들어 보였다.

"헤헤… 이런 거 말입니다요."

운설은 점소이가 당치도 않게 소비를 요구하자 한 대 걸어차려고 발을 슬쩍 들었다.

"줘서 보내라."

그런데 객방에 먼저 들어간 화운룡이 침상에 벌렁 누우면서 말하자 운설은 미간을 좁히며 은자 한 냥을 던져주었다.

'흐익?'

은자를 받은 점소이는 눈이 휘둥그렇게 떠졌다. 낮에 객방을 잠시 빌리는 것은 구리돈 닷 냥인데 은자 한 냥은 구리돈 삼십 냥이니까 객방비 닷 냥을 제하고도 스물다섯 냥이나 남는다. 그런 엄청난 소비를 점소이는 처음 받았다.

"왜, 모자란 거냐?"

"아… 아닙니다……. 편히 즐기십시오."

점소이는 공손히 허리를 굽히고는 문을 닫고 물러갔다.

탁…….

운설은 문을 닫고 침상으로 걸어가며 얼굴을 찌푸렸다.

"저놈이 뭘 편히 즐기라는 거죠?"

그런 것에 대해서 모르기는 화운룡도 마찬가지다.

"모르지."

운설은 누워 있는 화운룡을 일으켰다.

"옷 벗어요."

그녀는 화운룡의 상의를 벗겨주었다.

"상처 좀 봐요."

등 한가운데 비스듬히 한 뼘 반 길이로 난 상처를 덮은 헝겊이 피로 붉게 젖어 있었다.

"엎드려요."

운설은 조심스럽게 헝겊을 떼어낸 후에 상처를 깨끗이 닦아내 장하문이 챙겨준 약을 바르고는 헝겊을 씌우고 마지막으로 옷을 입혀주었다.

치료가 끝난 후에 운설이 똑바로 눕혀주자 화운룡이 눈을 감고 중얼거렸다.

"반 시진만 쉬자."

"한숨 자요."

"너도 와서 누워라."

화운룡은 몸을 움직여서 조금 안쪽으로 들어갔다.

"……."

운설은 물끄러미 화운룡을 바라보다가 그 옆에 조심스럽게 누웠다.

대다수의 보통 젊은 남녀들은 서로 사랑하는 사이가 아니라면 지금 같은 상황에서 한 침상에 나란히 눕지 않는다.

그렇지만 이 두 사람은 보통 남녀가 아니다. 한때 천하제일인 십절무황이었으며 현실에서 최강의 살수 집단 혈영단주인 남녀인 것이다.

그런데 그것만이 아니다. 이 두 사람은 이성 경험이 거의 없는 숙맥이다.

팔십사 년 동안 숫총각 동정이었던 화운룡은 더 말할 것도 없거니와 혼인을 하여 아이를 낳았지만 남녀 관계와 사랑에 대해서는 아무것도 모르는 운설이다.

운설은 전남편 임융을 좋아했지만 사랑하진 않았다. 사랑이 무엇인지 모르기 때문이다.

그녀가 임융에게 가졌던 감정은 오라비 같은 친밀감이라고
해야 옳았다.

화운룡은 눈을 감았지만 운설은 눈을 뜨고 천장을 바라보
면서 가만히 있다가 나직하게 입을 열었다.

"미래에서는 내가 당신의 수하가 됐다는데 지금 나는 당신
의 무엇이죠?"

"정현왕을 찾으면 너는 네 삶으로 돌아가라."

"……"

운설은 움찔했다.

"무슨 뜻이죠?"

"각자 제 갈 길을 가자는 것이다."

운설은 화운룡 쪽으로 돌아누웠다.

"나를 수하로 거두지 않나요?"

그러기를 바라거나 기대하지는 않았지만 화운룡이 그녀를
수하로 삼으려 할 것이라고 예상했다. 그런 목적을 갖고 있으
니까 앞으로 일어날 미래의 일들을 알려주면서 인연을 맺은
것이라고 추측했다.

"거두지 않는다."

"왜죠?"

화운룡이 자신을 수하로 거두겠다고 하면 거세게 반발할

것이라고 마음먹었던 운설은 역습을 당한 기분이 들었다.

"그러면 안 되느냐?"

"당신이 나를 수하로 거두려는 줄 알았어요. 그래서 그 많은 일들에 대해서 설명해 준 것이라고 생각했어요."

"틀렸다."

운설은 화운룡의 준수한 옆얼굴을 바라보았다.

"내가 필요하지 않나요?"

"그래."

"미래에는 내가 당신의 수하라고 했잖아요? 그런데 어째서 필요하지 않다는 거죠?"

화운룡이 자신을 수하로 삼으려고 하면 절대로 허락하지 않을 것이라고 다짐했던 그녀였지만 수하로 삼지 않겠다는 그의 말을 들으니까 그 이유가 알고 싶어졌다.

"미래에 내가 뭐가 됐다고 했느냐?"

"십절무황으로서 천하제일인이라고 말했어요."

"그래. 나는 천하무림을 일통했었다."

"그러면 나를 수하로 삼아야 하지 않나요?"

"나는 이번 생에서는 평범하게 살기로 했다."

"……."

화운룡이 설마 그렇게 말할 것이라고는 추호도 예상하지 않았던 운설은 말문이 막혔다.

태어나면서부터 최고의 살수로 길러졌던 운설에게 평범한 삶이란 없었다.

그러므로 평범한 삶이라는 것이 무엇인지 이해하지 못했고 그런 것에 대해서 한 번도 생각해 본 적이 없었다.

"화 상공."

문 밖에서 나직한 목소리가 들렸다.

운설이 잠든 화운룡의 어깨를 가볍게 흔들었다.

"일어나요, 누가 왔어요."

화운룡이 부스스 일어나자 문 밖에서 다시금 공손하며 나직한 목소리가 들렸다.

"화 상공을 만나러 왔습니다. 안에 계십니까?"

"들여보내라."

운설이 얼른 달려가서 문을 열자 낡았지만 깨끗한 옷차림의 소년 하나가 문밖에 두 손을 앞에 모으고 공손한 자세를 취하고 있다.

침상에 걸터앉은 화운룡이 물었다.

"누구냐?"

소년이 예의를 갖춰서 공손히 대답했다.

"양주 홍로방(紅鷺幇)의 잠송(潛松)이라고 합니다."

화운룡은 양주현의 홍로방이라는 방명은 모르지만 하오문

일 것이라고 짐작했다.

화운룡은 자신이 양주에 왔다는 것이나 이곳 객잔에 들어온 사실을 양주의 하오문에 알린 적이 없는데도 잠송은 족집게처럼 그를 찾아왔다.

"찾았느냐?"

"그렇습니다. 제가 안내하겠습니다."

"가자."

화운룡은 말보다 빨리 방을 나섰다. 주천곤 부부를 찾았다는 말에 크게 기뻤지만 눈으로 직접 확인하기 전에는 믿을 수가 없었다.

하오문 홍로방의 잠송이라는 소년이 안내한 곳은 화운룡의 예상을 깨는 장소였다.

그곳은 양주현 외곽 어느 강가에 위치한 움막촌이었다.

강가의 야트막한 언덕에 수십 채의 움막이 게딱지처럼 다닥다닥 붙어서 모여 있었다.

잠송은 집이라고도 할 수 없는 거적으로 얼기설기 만든 움막 사이를 요리조리 앞서가면서 설명했다.

"남녀가 있는 장소만 확인했을 뿐 저희는 나서지 않았습니다. 보시고 찾는 사람이 맞는지 확인하십시오."

잠송은 화운룡이 고개를 끄떡이는 것을 걸으면서 뒤돌아보고는 말을 이었다.

"본 문이 확인한 바로는 상공께서 찾고 계시는 남녀가 현내 거리를 헤매고 있는 것을 발견한 거지 패거리가 이리 데려왔다고 합니다."

거지 패거리가 주천곤 부부를 데리고 왔다면 목적은 하나다. 주천곤이 아니라 절세미모를 지닌 사유란을 어떻게 해보려는 것이 분명하다.

주천곤은 화운룡이 준 돈주머니를 그들이 탔던 배의 주인, 즉 장사치들에게 뺏긴 것이 분명했다. 돈이 있다면 거리를 헤매지 않았을 것이다.

"서둘러라."

화운룡의 말에 잠송이 달리기 시작하더니 곧 어느 움막 앞에 멈추었다.

그런데 바로 그때 움막 안에서 날카로운 여자의 비명 소리가 터져 나왔다.

"아악! 이러지 말아요! 아악!"

사유란의 비명 소리였다.

화운룡과 운설은 다급하게 움막의 거적을 젖히고 안으로 뛰어들었다.

악취가 진동하는 좁은 움막 안의 한쪽 구석에 누더기 이불이 깔려 있고, 그 위에서 희끗한 것들이 엉켜 있는 광경이 화운룡의 시야에 들어왔다.

화운룡은 돼지 같은 사내 어깨 너머로 발버둥치는 여자가 사유란이라는 것을 한눈에 알아보았다.

사유란은 눈물을 흘리면서 비명을 지르며 이러지 말라고 애원하고 있었다.

화운룡은 볼 것도 없이 검을 뽑아 그대로 돼지 사내의 목을 잘랐다.

서걱!

새파란 반달의 검광이 목을 스치자 돼지 사내의 동작이 뚝 정지했다.

그는 목이 잘렸지만 워낙 극쾌검이라서 여전히 목이 붙어 있는 상태였다.

퍽!

화운룡은 검을 검실에 꽂으면서 돼지 사내의 옆구리를 냅다 걷어찼다.

돼지 사내는 옆으로 구르면서 머리통이 목에서 분리되며 핏물이 분수처럼 뿜어졌다.

돼지 사내의 머리 없는 몸뚱이가 벌러덩 누웠다.

"아아… 제발… 이러지 말아요… 살려주세요……."

사유란은 눈을 꼭 감은 채 아직도 상황을 인지하지 못하고 흐느껴 울며 발버둥 쳤다.

화운룡은 무릎을 꿇고 사유란의 어깨에 손을 대고 조용한
목소리로 말했다.

"어머님."

"……"

사유란이 허우적거림을 멈추고 몽연한 표정으로 눈을 떴
다.

"접니다, 어머님."

사유란은 눈을 깜빡거리다가 화운룡 얼굴에 시선을 고정시
키더니 눈이 화등잔처럼 커졌다.

"용청……"

"운룡입니다."

"저… 정말 용청이야?"

눈물범벅인 그녀는 어린아이 같은 표정으로 확인하듯 물었
다.

"그렇습니다. 운룡입니다."

"아아……"

사유란은 기쁨의 눈물을 봇물 터뜨리듯 쏟으면서 그에게
두 팔을 뻗었다.

화운룡이 일으키려고 하자 그녀는 와락 그의 품에 안기며
울음을 터뜨렸다.

"흐아앙……! 나쁜 사람이 나를 욕보이려고 했어……"

그녀는 얼마나 공포에 질렸는지 온몸을 사시나무 떨 듯이 와들와들 떨어서 말이 제대로 나오지 않았다.

"이제 괜찮습니다."

화운룡은 앉은 채 사유란을 안고 등을 부드럽게 쓰다듬으면서 움막 안을 둘러보았다.

움막 한가운데 운설이 우두커니 서서 어딜 보고 있는데 그녀의 시선이 고정된 곳 움막 구석에 주천곤이 누운 채 혼절해 있는 모습이 보였다.

화운룡이 보기에 주천곤은 혈도가 제압된 것 같지는 않았다. 거지패는 혈도를 제압할 줄 모른다. 그러니까 주천곤을 때려서 혼절시켰을 것이다.

또 움막 안 한쪽에는 때 구정물이 줄줄 흐르는 봉두난발의 거지 네 명이 옹기종기 모여 있었다.

너무 더러워서 남녀와 나이를 구별할 수 없으며 목이 잘려서 죽은 돼지 사내가 거느린 거지들일 것이다.

그때 사유란이 바로 옆에 돼지 사내가 목이 잘린 채 죽어 있는 광경을 발견하고 찢어지는 비명을 지르면서 화운룡의 품으로 파고들었다.

"아악!"

화운룡은 사유란을 떼어내지 못하고 운설에게 주천곤을 돌보라고 고갯짓을 해보였다.

그는 떨어지지 않으려는 사유란에게 자신의 겉옷을 입히고 등에 업었다.

사유란은 몸을 바들바들 떨며 그에게 찰싹 붙어서 말했다.

"아아… 전하는… 그분은 무사하신가……?"

그녀는 주천곤이 몹시 걱정되면서도 너무 무서워서 화운룡에게서 떨어지지 못했다.

주천곤을 살피던 운설이 화운룡에게 전음을 보냈다.

[머리를 맞고 혼절했지만 괜찮아요. 성신이 들게 할까요?]

화운룡은 지금 상황에 주천곤이 정신을 차려서 좋을 게 없다고 생각했다.

"그냥 네가 안고 가자."

화운룡은 움막을 나서면서 밖에 서 있는 잠송에게 명령하듯이 말했다.

"마차를 불러라."

"대기시켜 두었습니다."

잠송이 강둑 쪽을 가리켰다. 그곳에는 두 필의 말이 끄는 평범한 마차 한 대가 서 있었다.

화운룡은 잠송의 준비성에 그를 새삼스럽게 다시 보았다.

십팔구 세 정도의 말쑥한 유생 같은 모습의 그는 앞서 언덕을 올라갔다.

"제가 마차를 몰 테니 행선지를 말씀해 주십시오."

"한암장으로 가자."

주천곤 부부를 비롯한 혈족들이 한암장에 있다는 사실이 외부에 알려지면 안 된다.

하지만 홍로방을 속일 수는 없었다. 잠송은 화운룡이 양주에 왔으며 객잔에서 잠시 쉬고 있다는 사실까지도 알고 있었으므로 다른 것은 말하나 마나일 것이다.

그러므로 홍로방의 입을 막으려면 차라리 그들을 내 편으로 만드는 쪽이 나을 터이다.

화운룡은 마차로 가면서 잠송에게 물었다.

"너는 홍로방에서 무얼 하느냐?"

잠송이 뒤돌아보며 공손히 대답했다.

"제가 방주입니다."

"호오… 몇 살이냐?"

"열아홉 살입니다."

전혀 하오배처럼 보이지 않는 데다 아직 어린 잠송이 홍로 방주라는 사실이 뜻밖이다.

"양주에서 이 일을 알고 있는 하오문이 또 있느냐?"

"저희만 알고 있습니다."

"흠."

화운룡은 어찌 된 일인지 짐작했다. 주천곤 부부를 찾아달라는 막화의 연락을 제일 먼저 받은 양주현 홍로방이 다른 하오문들에는 알리지 않고 단독으로 일을 처리한 것이다.

나쁘게 말하면 주천곤 부부를 찾았을 때 공을 혼자 독차지하려는 것이고, 좋게 말하면 주천곤 부부를 자신들의 능력만으로 찾아낼 자신이 있었다는 뜻이다.

마차 문을 여는 잠송에게 물었다.

"무엇을 원하느냐?"

"나중에 말씀드리겠습니다."

잠송은 신중하기까지 했다.

화운룡은 기왕 내친김에 잠송에게 한 가지 일을 더 시켜보기로 했다.

"사람을 찾아라."

잠송은 공손한 자세로 화운룡을 쳐다보았다.

"말씀하십시오."

화운룡은 기억을 더듬을 필요도 없이 말했다.

"두견새 깃발을 달고 있는 배를 찾아라."

운하에서 주천곤 부부를 태운 배의 선실 지붕에 두견새 문양의 깃발이 걸려 있는 것을 본 적이 있었다.

"찾을 필요 없습니다."

"알고 있느냐?"

"그렇습니다. 두견새를 징표로 하는 데는 자규전(子規廛)이라는 장사꾼 집단입니다. 양주현 포구에 가게가 있습니다."

"알았다. 이따 안내해라."

"알겠습니다."

잠송은 쓰임새가 있는 것 같았다.

*   *   *

화운룡은 주천곤 부부를 한암장에 안전하게 데려다놓은 후에 운설과 함께 따로 잠송을 만났다.

"무엇을 원하는지 말해봐라."

돈을 원하는 것은 아닌 게 분명하다. 잠송이 돈을 바랐다면 이렇게 뜸을 들일 필요가 없다.

"말씀드리기 송구하지만……."

뻔뻔할 정도로 딱 부러지는 성격을 보여주었던 잠송이 쭈뼛거렸다. 그만큼 어려운 요구를 할 것이라는 얘기다. 하지만 그에겐 어려워도 화운룡에겐 쉬운 일일 수도 있었다. 그것이 없는 자와 가진 자의 차이다.

화운룡은 재촉하지 않고 기다렸다. 재촉하는 것은 그의 성격에 맞지 않았다.

갑자기 잠송은 의자에 앉아 있는 화운룡 앞에 무릎을 꿇더니 고개를 숙였다.

"소장(邵長) 포구의 해룡상단 하역권을 저희에게 나누어주시면 좋겠습니다."

전혀 뜻밖의 요구라서 화운룡은 '요놈 봐라'는 표정을 지었다. 그는 잠송이 맹랑한 요구를 할 거라고 예상했지만 그런 걸 요구할 것이라는 짐작은 하지 못했다.

소장 포구는 소백호와 장강을 잇는 소장운하의 중간 지점인 양주의 포구를 가리킨다.

소장운하는 소백호에서 장강으로 나가는 유일한 운하라서 물동량이 엄청나다.

그중에서도 해룡상단이 절반 이상의 물량을 차지하고 있었다. 말하자면 소장운하 지역에서는 해룡상단이 제일상단이라는 뜻이다.

해룡상단은 소장 포구에 수십 채의 창고와 이십여 척의 상선을 보유하고 있으며, 싣고 온 화물을 창고에 옮겨서 보관했다가 적기에 다시 창고의 물건을 배로 싣는 일, 즉 하역에 수백 명의 일꾼을 부리고 있다.

하지만 화운룡은 그런 내막에 대해서 자세하게 모르고 있어서 즉답이 곤란하다.

"소장 포구의 하역권이 어떤 상황이냐?"

"여덟 개 조가 각각 해룡상단 스물세 척의 배를 두세 척씩 맡고 있습니다."

잠송은 화운룡을 한 번 올려다보고는 다시 머리를 조아렸다.

"저희에게 상선 한 척의 하역권을 주십시오."

"그러면 너는 어떻게 하겠느냐?"

상선 한 척의 하역권으로 돈을 얼마나 버는지 모르지만 그것으로 홍로방이 먹고살 수 있을지는 의문이다.

"화 상공께 견마지로(犬馬之勞)하겠습니다."

"수하가 되겠다는 말이냐?"

"상공께서 원하시는 것이라면 무엇이든지 되겠습니다."

수하든 뭐든 다 하겠다는 뜻이다.

화운룡은 잠송의 말과 표정에서 절박함을 발견했다.

"홍로방은 몇 명이냐?"

잠송이 고개를 들고 화운룡을 우러러보았다.

"열일곱 명입니다."

"가족이 있구나."

잠송과 홍로방 수하들에게 가족이 있기 때문에 하역권이 필요한 것이다.

"열일곱 명이 다 가족이 있지만 제가 고아들을 거두어서 함께 살고 있습니다."

"몇 명이냐?"

"서른두 명입니다."

화운룡은 잠송이 홍로방을 이끌고 있는 이유가 고아들과 함께 살아가기 위해서일 것이라고 짐작했다.

어떤 사연이 있는지는 모르겠지만 어린 나이에 고아들을 거두어서 함께 살다니 기특한 놈이다.

"저희에게 하역권을 주시면 정기적인 수입이 생기므로 앞으로는 홍로방도들과 고아들 모두 의식주 걱정을 하지 않아도 될 것입니다."

"상선 한 척의 하역권이면 되느냐?"

"그렇습니다."

화운룡이 물을 때는 두 척이라고 대답해도 될 텐데 잠송은 한 척이라고 대답했다.

자신의 분수를 알고 있다는 뜻이다. 모름지기 욕심을 부리지 않으면 화를 당하지 않는 법이다.

화운룡은 고개를 끄떡였다.

"나는 상단의 일에 대해서는 잘 모르기 때문에 즉답을 하지 못하겠다. 태주로 돌아갈 때 너도 같이 가자."

"그러겠습니다."

사유란이 한암장에 있는 것이 무섭다면서 화운룡을 따라가겠다고 떼쓰는 것을 겨우 달래서 떼어놓았다.

사유란이 화운룡을 따라가면 주천곤도 가야 하는데 두 사

람이 사람들 왕래가 많은 해남비룡문에 머무는 것은 위험천
만한 일이라서 안 되었다.

"그럼 그 사람들을 여기에 배치해 주세요."

사유란은 한발 양보했다.

"누구 말입니까?"

사유란은 주위를 두리번거렸다.

"우리가 쫓기고 있을 때 우릴 구해주었던 사람들 말이에요."

주천곤 일행이 동창고수들에게 쫓기고 있을 때 구해주었던
혈영고수들을 말하는 것 같았다.

혈영고수들을 한암장에 배치시키면 화운룡으로선 안심이
되기는 할 것이다. 이곳에 무슨 일이 생기더라도 혈영고수들
이라면 걱정 없다.

하지만 그러자면 운설에게 명령이나 부탁을 해야 한다. 명
령을 하려면 그녀를 수하로 삼아야 하고 부탁을 하려면 돈을
지불해야 할 것이다.

그게 아니다. 혈영단은 살수 조직이므로 살인청부 외의 일
은 하지 않는다.

그러니까 호위고수 같은 일을 할 리가 없다. 그걸 시키려면
운설을 수하로 삼는 수밖에 없으며 화운룡은 그것을 원하지
않았다.

이번의 평범한 생에서는 무림 최극강인 혈영단 같은 것은

필요하지 않다.

화운룡은 씁쓸한 표정을 지었다.

"어머님, 그건 곤란하겠습니다."

그의 말에 사유란의 얼굴에 절망과 두려움이 짙은 어둠처럼 깔렸다.

"아아… 전하, 이제 우린 어떻게 해요……."

화운룡의 계획은 한암장을 서원(書院) 같은 평범한 장원으로 위장하는 것이다.

호위장령과 호위고수들도 모두 서생으로 변상시켜서 외부에서 볼 때 전혀 의심할 만한 구석이 없게 만드는 쪽이 외려 안전하다는 얘기다.

그렇지만 그의 계획은 주천곤 부부, 특히 사유란에게는 씨도 먹히지 않았다.

북경의 정현왕부가 광덕왕에게 습격당해서 멸문의 위기에 처했으며, 주천곤 부부와 혈족들이 소수의 왕부 호위고수들의 호위를 받으면서 필사의 도주를 하는 과정에 사유란은 몇 번이나 죽음 직전까지 이르는 위험에 처했다.

주천곤을 비롯한 모두들 절망적인 생사의 고비를 넘겼으며 실제로 여러 사람이 처참하게 죽는 광경을 목전에서 봤으므로 공포심이야 이루 말할 수 없을 정도일 것이다.

더구나 주천곤 부부는 화운룡이 임기응변으로 태워준 배의

장사치들에게 돈주머니를 뺏기고 한 푼 없이 거리를 배회하다
가 거지패에게 붙잡혀서 끔찍한 봉변까지 당했으니 머릿속이
온통 공포로 가득 차 있을 터였다.

그 일은 화운룡의 책임이 크기 때문에 죄스러움이 컸다.

주천곤은 착잡한 표정으로 화운룡을 쳐다보았다.

"운룡, 이대로는 나도 도저히 못 견딜 것 같네. 우리 부부가
죽는 것도 죽는 것이지만 언제 무슨 일을 당할지 두려움 때문
에 숨을 못 쉬겠어."

사유란을 강간하려던 거지패 우두머리에게 몽둥이로 뒷머
리를 호되게 맞아서 혼절했다가 깨어난 주천곤은 아직도 뒷
머리의 극심한 통증 때문에 얼굴을 잔뜩 찡그리고 있었다.

선황제의 아들로서, 그리고 당금 황제의 아우로서 평생 권
좌에만 앉아 있던 그가 언제 그런 고통을 당했겠는가.

그는 혼절했었기 때문에 사유란이 돼지 사내에게 강간을
당할 뻔했던 광경을 보지 못했다.

그리고 그 일에 대해서는 화운룡이 일체 함구해서 그는 아
무것도 모르고 있었다.

"부인 말대로 그들을 호위고수로 쓸 수는 없는 것인가? 그
들을 쓸 수 있다면 어떤 대가라도 치르겠네."

주천곤까지 나서자 화운룡은 난감하게 되었다.

그는 옆에 서 있는 운설을 쳐다보지 않고 주천곤에게 고개

를 숙여보였다.

"아버님, 잠시 시간을 주십시오."

운설하고 의논을 해봐야 한다.

"안 됩니다."

운설은 혈영살수 몇 명을 한암장의 호위고수로 내달라는 화운룡의 요구를 딱 잘라서 거절했다.

살수 조직이 호위고수로 부업을 한다는 사실이 알려지면 웃음거리가 될 것이다.

화운룡과 운설이 입을 다물고 있으면 무림에 알려지지 않겠지만 그렇다고 해도 운설이 용납을 하지 못하는 것이다.

"운설, 너 정말……."

탁자 맞은편에 앉은 운설은 평소 혈영단주의 표정으로 돌아가서 꼿꼿하게 앉아 미동도 하지 않았다.

"너희들은 이미 정현왕 전하와 혈족들을 호위했잖느냐?"

십절무황으로서는 어울리지 않는 억지를 써보기로 했다. 그만큼 혈영고수들이 필요한 것이다.

운설이 화운룡을 쳐다보며 냉랭하게 말했다.

"이봐요. 알 만하신 분이 왜 그러세요?"

'끙……'

운설에게 이런 말까지 들어야 하는 화운룡은 속에서 저절로 신음 소리가 났다.

"억만금을 준다고 해도 호위고수는 하지 않아요."

운설은 아예 대못을 꽉 박았다.

이렇게 되면 운설을 수하로 삼는 방법밖에 없다.

그러나 이번 생에서는 평범한 삶을 살고 싶다는 화운룡이 백 번 양보해서 그녀를 수하로 거두려고 해도 그녀가 거절하면 그만이다.

그녀가 뭐가 아쉬워서 평범하게 살기로 한 화운룡의 수하가 되려고 하겠는가.

화운룡이 운설의 미래에 대해서, 그리고 전남편 살해범에 대해서 알려주었지만 그것만으로 그녀를 수하로 거두는 것은 부족할 것이다.

"설아."

뭔가를 작심한 화운룡은 부드러운 표정을 지으며 더 부드러운 목소리로 말했다.

운설은 대답도 하지 않고 말하라는 듯 쳐다보기만 했다.

"너 용설운(龍雪雲)이 무언지 아느냐?"

"뭐죠?"

입으로는 뭐냐고 물어보면서 운설은 조금도 관심이 없다는 표정을 짓고 있었다.

화운룡은 그녀의 반응을 보고는 기운이 빠졌다. 더구나 내가 어째서 이렇게까지 저자세로 운설의 자비에 매달려야 하는지 착잡해져서 더 말하기가 싫어졌지만 이왕 꺼낸 얘기라서 관두기도 뭐했다.

"우리가 살았던 무황성에서 가까운 사람들이 나하고 너를 그렇게 불렀다."

"용설운이라고요?"

"그래."

말하는 중에 화운룡은 이 상황이 더 싫어지고 귀찮아졌다.

반면에 운설은 흥미기 들었다.

"왜 그렇게 부른 거죠?"

화운룡은 손을 저었다.

"네가 상상해 봐라."

그는 어쩔 수 없이 주천곤 부부를 해남비룡문으로 데려가야겠다고 마음먹었다.

위험한 일이 많이 생기겠지만 현재로선 그것만이 유일한 해결책인 것 같았다.

용설운이라는 말에 흥미를 느낀 운설이 화운룡을 똑바로 주시했다.

"혹시 당신 이름의 '용'을 따고 내 이름의 '설', 그리고 우리 두 사람 다 구름 '운'을 쓰니까 사람들이 용설운이라고 부른 건가요?"

생각에 잠긴 화운룡은 처다보지도 않고 고개를 끄떡였다.

"왜 그렇게 부른 거죠?"

"왜 불렀겠느냐?"

화운룡은 툭 내던지고는 일어섰다. 주천곤 부부를 데려가려면 몇 가지 준비를 해야 한다.

그리고 한 가지 더 할 일이 있다. 주천곤 부부에게서 돈주머니를 뺏은 놈들을 처리해야 한다.

운설은 천하제일인 십절무황의 거처인 무황성에서 측근들이 화운룡과 자신의 이름을 따서 '용설운'이라고 부른 이유를 짐작할 수 있을 것 같았다.

화운룡은 운설이 자신의 최측근인 무황십이신의 한 명이며 군사인 장하문에 이어 두 번째로 그의 휘하에 들어갔다고 말했었다.

그리고는 평생 독신이었던 화운룡이 성주로 있는 무황성의 안살림을 도맡아 하면서 마누라처럼 잔소리가 심했었다고도 말했다.

그런 걸로 봤을 때 화운룡과 운설은 그야말로 이빨과 혀처럼 간담상조하는 사이였다는 뜻이다.

실제 부부는 아니었으나 측근들에게 부부처럼 보일 정도면 두 사람 사이가 어땠을지 짐작하고도 남는다.

물론 아직 일어나지 않은 일이고 운설은 생소하지만, 화운룡은 그 일을 겪었다.

운설은 전남편 임융에게 잔소리는커녕 그가 하는 일에 별로 관심이 없었다.

그런데 화운룡에게는 잔소리를 하고 바가지를 긁으면서 수십 년 동안 살았다는 것이다.

화운룡이 문 쪽으로 걸어가는데 운설이 불쑥 물었다.

"나는 언제 당신과 처음 만났죠?"

"지금부터 칠 년 후야."

화운룡이 이십칠 세고 운설이 삼십이 세 때다.

"언제 어디에서 어떻게 만난 건가요?"

운설은 화운룡이 묻는 것 외에는 대답하지 않는다는 것을 그동안의 경험으로 잘 알게 되었다.

화운룡은 걸음을 멈추고 뒤돌아보았다.

운설은 일어나서 그를 바라보고 있었다.

"그게 왜 궁금하냐?"

"알고 싶어요."

화운룡은 다시 돌아서서 문을 열었다.

"너하고의 인연은 여기까지다. 그만 가라."

운설은 움찔했다.

탁!

화운룡은 문을 닫고 나갔다.

운설은 닫힌 문을 물끄러미 바라보기만 했다. 화운룡이 문을 닫는 순간 온몸에서 온기가 한꺼번에 빠져나가는 듯한 느낌이 들었다.

그녀는 잠시 뭔가 골똘하게 생각하다가 가볍게 고개를 흔들고는 중얼거리듯이 말했다.

"철수한다."

말의 여운이 사라지기도 전에 운설은 그 자리에서 아지랑이처럼 사라져 버렸다.

잠시 후 그녀는 한암장을 등지고 경공을 전개하여 관도를 달리고 있었다.

그녀의 머릿속에는 '용설운'이라는 말이 뱅뱅 맴돌고 있었다.

第八章
위기일발

　화운룡은 호위장령을 데리고 소장 포구로 갔다.

　잠송이 알려준 자규전이라는 곳은 쉽게 찾을 수 있었다.

　소장 포구에는 수백 개의 크고 작은 상단과 점포들이 있으며 자규전은 작은 상선 서너 척을 갖고 근거리 장사를 하는 소규모 상전(商廛)이다. 규모가 큰 곳을 상단이라 하고 작은 곳은 상전이라고 한다.

　화운룡과 호위장령은 얼굴을 감추려고 챙이 넓은 방갓을 쓴 모습이다.

　척!

두 사람은 문이 활짝 열려 있는 점포 안으로 들어섰다.

그리 넓지 않은 점포의 양쪽 벽에는 상자와 꾸러미들이 어지럽게 쌓여 있으며, 복판의 나무 상자 위에 몇 가지 요리와 술이 놓여 있는데, 나무 상자 주위에 장사치로 보이는 네 명의 사내가 둘러앉아서 술을 마시고 있다가 들어서는 화운룡과 호위장령을 쳐다보았다.

"뭡니까?"

장사치들은 화운룡과 호위장령의 복장과 어깨에 멘 검을 보고 위압감을 느낀 얼굴들이다.

화운룡은 술을 마시고 있는 네 명의 사내들 중에서 두 명이 어제 주천곤이 옮겨 탄 배에 타고 있던 사내라는 것을 한눈에 알아보았다.

그렇지만 사내들은 화운룡을 알아보지 못했다.

화운룡은 이미 주천곤 부부에게서 어떻게 된 일인지 자세한 설명을 들었다.

자세한 설명이고 말고 할 게 없다. 장사치들은 배가 소장 포구에 도착하기 직전에 주천곤에게서 돈주머니를 뺏고는 포구에 내려 두 사람을 발로 차서 내쫓았다는 것이다.

장사치의 탐욕 때문에 주천곤 부부는 평생 지울 수 없는 곤욕을 치렀다.

화운룡은 사내 둘을 가리켰다.

"너희 둘 일어나라."

두 사내는 영문을 모른 채 엉거주춤 일어섰다.

화운룡은 엄한 표정으로 말했다.

"운하에서 태운 부부를 어떻게 했느냐?"

순간 두 사내는 움찔하더니 크게 당황했다.

"운하에서 태운 부부라니… 우린 그럼 사람 모릅니다……"

그 순간 새파란 청광이 번뜩였다.

"끄으……"

방금 말한 사내가 답답한 신음 소리를 내면서 비틀거리는
데 어느새 목 한가운데 손톱 크기의 구멍이 뚫려 그곳에서 마
치 어린아이가 오줌을 누듯이 핏물이 분수처럼 뿜어졌다.

화운룡의 청룡전광검 일초식의 결과다.

화운룡은 뽑은 검을 다른 한 명의 사내에게 가리켰다.

"말해라. 부부를 어떻게 했느냐?"

"으으……"

사내는 목에서 피를 뿜으며 스르르 뒤로 쓰러지고 있는 동
료를 보면서 공포에 질렸다.

다른 사내들은 한쪽으로 피해서 자신들에게 불똥이 튈까
봐 숨도 쉬지 않고 있다.

쿵!

목에서 피를 뿜는 사내는 뒤로 쓰러졌다가 몸을 푸들푸들

떨더니 잠시 후에 잠잠해졌다.

옆에 서 있는 호위장령은 화운룡을 보면서 적잖이 놀라는 표정을 지었다.

그는 화운룡 바로 옆에 서 있으면서도 그가 언제 발검을 하여 사내의 목 한가운데를 찔렀는지 보지 못했다.

그는 지금껏 화운룡이 무공을 전혀 할 줄 모르는 서생이라고만 알고 있었다.

그는 운하의 배에서 화운룡이 전중과 양체합일법이라는 수법으로 싸우는 모습을 보지 못했다.

싸움에 대해서 아무도 설명하지 않았으며 나중에 운설과 혈영고수들이 나타나 동창고수들을 주살했기에 그들 덕분에 이긴 줄로만 알고 있었다.

그래서 화운룡이 검을 지니고 다니는 이유가 장식용이라고 생각했는데 이제 보니 그게 아니다.

화운룡은 검법을 배웠으며 호위장령과 비슷하거나 능가하는 수준인 것이 분명했다.

방금 전에 화운룡이 펼친 검법의 결과만 봐도 충분히 짐작할 수 있다.

"으으… 요… 용서하십시오……."

사내는 사색이 되어 와들와들 떨면서 그 자리에 털썩 주저 앉아 무릎을 꿇고는 품속에서 돈주머니를 꺼내 떨리는 두 손으로 내밀었다.

"흐으으… 도… 돈은… 한 푼도 쓰지 않았습니다…… . 드릴 테니까 목숨만 살려주십시오…… ."

"그들을 왜 죽이지 않았느냐?"

화운룡은 그 점이 궁금했다.

"두 사람이 무릎을 꿇고 빌면서 살려달라고 애원해서…… ."

"애원을 해?"

"남자는 여자만이라도 살려달라 애원하고… 여자는 자신은 어떻게 돼도 좋으니까 제발 남자만 실려딜라고 하노 울면서 빌어서… 그리고 죽이면 시체를 처리하는 것이 골치 아프기도 하고…… ."

사내는 눈물 콧물 흘리며 솔직하게 털어놓았다.

화운룡은 주천곤과 사유란이 하찮은 장사치들 앞에 무릎을 꿇고 아내와 남편만 살려달라고 눈물을 흘리면서 애원하는 모습이 상상되어 착잡하기 짝이 없었다.

천하의 정현왕과 부인이 생사의 기로에서 서로 상대를 살리려고 애원하는 모습이 화운룡의 심금을 울렸다.

그리고 장사치들이 주천곤 부부의 시체를 처리하는 것이 골치 아파서 살려주었다는 고백에 분노가 치밀었다.

호위장령은 화운룡이 사내를 죽일 것이라고 짐작했다. 그래서 이번에는 화운룡이 사내를 어떻게 죽이는지 보려고 눈도 깜빡거리지 않았다.

"끄으으……."

그런데 사내가 쥐어짜는 신음 소리를 냈다.

호위장령이 흠칫 놀라서 쳐다보니까 사내의 미간에 손톱 크기의 구멍이 뚫렸고 거기에서 샘물처럼 핏물이 퐁퐁 솟구치고 있었다.

'도대체 언제……'

호위장령은 이번에도 화운룡이 무슨 수법을 썼는지, 아니, 언제 검을 움직였는지 보지 못했다.

조금 전에 화운룡은 검을 비스듬히 바닥으로 뻗고 있었으며 지금도 그런 자세다.

첫 번째는 예상하지 않았었기에 못 봤다고 하지만 이번에는 작정을 하고 눈을 부릅떴는데도 보지 못한 것이다.

비록 팔 년 공력이지만 화운룡이 장장 육십여 년 동안 수족처럼 연마하고 전개해 온 청룡전광검이 찰나지간에 펼쳐지는 것을 호위장령이 목격한다는 것은 어불성설이다.

그는 화운룡이라는 사람이 시간이 지날수록 신비하고 또 재주가 많으며 매력적이라는 생각이 들었다.

화운룡은 허리를 굽혀 돈주머니를 집어 열어보았다.

묵직한 비단 돈주머니 안에는 은자 삼십 냥 정도와 작은 금원보 십여 개가 들어 있으며 화운룡은 사내 말대로 한 푼도 축나지 않은 것을 확인했다.

이 돈주머니 하나면 웬만한 장원 한 채를 살 수 있을 정도의 큰돈이라서 당장 쓸 엄두가 나지 않았을 것이다.

자규전 밖의 쌓아놓은 짐 더미 뒤에 숨어서 지켜보고 있던 잠송은 간담이 서늘해지는 것을 느꼈다.

'화 상공은 굉장한 고수였어……'

태주현 해남비룡문 소문주인 화운룡이 개망나니에 잡룡이라는 소문은 양주현까지 파다했으니 잠송이 귀머거리가 아닌 이상 모를 리가 없었다.

그런데 잠송이 직접 겪어본 화운룡은 소문하고는 완전히 정반대의 인물이었다.

한마디 말과 행동 하나마다 격조 높고 올바르며 절로 고개가 숙여질 정도로 위엄이 있었다.

뿐인가. 소장 포구에서도 포악하기로 알아주는 건달인 자규전의 두 사내를 눈 깜짝할 사이에 죽여 버렸다.

"가자."

"……"

말소리에 움찔 놀란 잠송의 눈에 저만치 걸어가고 있는 화운룡과 호위장령의 뒷모습이 보였다.

잠송은 짐 더미 뒤에서 나와 화운룡을 부리나케 쫓아갔다.

화운룡은 주천곤 부부를 마차에 태우고 호위장령을 비롯한 다섯 명의 호위고수와 함께 한암장을 나서 태주로 향했다.

화운룡은 노새를 타고 양주현 외곽까지 배웅을 나온 잠송에게 금원보 세 개와 은자 이십 냥을 주었다. 금원보 하나는 은자 백 냥이므로 잠송으로선 어마어마한 액수다.

"상공……."

잠송은 너무 큰돈 때문에 놀라서 손을 내밀지 못했다.

또한 그는 화운룡이 이 돈으로 거래를 끝내자는 줄 알고 당황하기도 했다.

화운룡은 잠송의 어깨를 가볍게 두드렸다.

"아무 때나 해남비룡문으로 와서 나를 찾아라."

잠송은 눈을 크게 뜨고 놀랐다.

"그 말씀은……."

"이 돈으로 식솔들을 챙겨라. 소장 포구 하역권은 집안의 담당자와 의논해서 내주도록 하마."

"아……."

"어서 받아라."

두 손을 벌려서 돈을 받는 잠송의 두 눈에 눈물이 가득 고였다가 후드득 떨어졌다.

천애고아인 그는 오늘날까지 살아오면서 이처럼 따뜻하고

큰 은혜를 받아본 적이 한 번도 없었다.

말 위에 앉은 화운룡은 잠송이 돈을 받자마자 말을 출발시키고 뒤돌아보지 않았다.

호위장령이 뒤돌아보자 잠송은 노새에서 내려 땅에 무릎을 꿇고 화운룡을 향해 머리를 조아리고 있었다.

호위장령은 정현왕의 부마도위로 낙점된 화운룡이라는 사내에 대해서 이제야 조금은 알 것 같았다.

화운룡이 지금까지 보여준 행동은 매우 정의롭고 책임감이 강하다는 것이었다.

그리고 자규단 사내들을 죽이고 잠송이라는 하오배에게 하는 행동을 보면 선한 자는 후하게 대우하고 악인에게는 잔인한 권선징악(勸善懲惡)에 다름 아니었다.

호위장령은 마차 옆에서 화운룡과 나란히 말을 몰며 그를 쳐다보았다.

그러고는 그가 매우 준수한 미남이라는 사실을 새삼스럽게 알게 되었다.

호위장령의 입가에 훈훈한 미소가 떠올랐다.

'허허! 전하께선 잠룡을 얻으셨군.'

그때 화운룡이 호위장령의 시선을 느끼고 그를 쳐다보며 왜 그러는지 눈짓으로 물었다.

호위장령은 빙그레 미소 지었다.

"왕서(王婿)께선 잘생기셨습니다."

"쓸데없는 소리."

호위장령은 화운룡을 왕서, 즉 왕의 사위라고 호칭했다.

양주에서 태주는 관도가 잘 정비되어 있으며 두 현이 다 토산물이 풍부한 탓에 늦은 오후인데도 왕래하는 사람들이 제법 많았다.

평범한 갈색의 마차 전후에서 장사치 복장으로 변장한 두 명의 호위고수가 말을 타고 호위를 하고 있으며, 마차 어자석에 두 명, 그리고 화운룡과 호위장령은 마차 양옆에서 천천히 말을 몰고 있었다.

화운룡은 전방 저 멀리 관도 변에 주루가 보이자 마차의 창을 보며 말문을 열었다.

"아버님, 전방에 주루가 있는데 잠시 쉬시겠습니까?"

"그러세."

"저 배고파요, 용청."

주천곤의 대답에 이어서 사유란의 짤랑짤랑한 목소리가 들렸다. 그녀는 해남비룡문으로 간다는 것, 그리고 곧 딸 옥봉을 만난다는 사실 때문에 한껏 들떠 있다.

주루가 가까워지면서 서쪽으로 뻗은 관도가 시야에 들어왔다. 남경으로 가는 길이다. 주루는 양주와 태주, 남경으로 뻗은 삼거리에 있었다.

그런데 삼거리에 주루만 있는 게 아니었다. 주루 앞에 도검을 지닌 무림인 십여 명이 늘어서서 지나는 행인들을 날카로운 시선으로 살펴보고 있었다.

십여 장 전방에 무림인들이 있는 것을 뒤늦게 발견한 화운룡은 뭔가 불길한 예감이 들었다.

평소에는 관도 주루 앞에서 무림인들이 행인들을 살피는 일 같은 것은 없었다.

그는 호위장령에게 빠르고 나직하게 말했다.

"돌아갑시다."

호위장령도 전방의 무림인들을 보고 있었으므로 화운룡의 뜻을 알아차리고 즉시 선두의 호위고수에게 마차를 돌리라고 명령했다.

드그르르…….

화운룡을 필두로 마차 행렬이 넓은 관도를 가로질러 크게 반회전하여 지금까지 왔던 방향으로 돌았다.

그리고 조금 전진하면서 뒤돌아보던 화운룡의 얼굴이 움찔 굳어졌다.

주루 앞에 서 있던 무림인들 중에서 네 명이 이쪽으로 나는 듯이 달려오고 있었다.

주루 쪽으로 오던 마차 행렬이 십여 장을 앞두고 갑자기 방향을 바꾸는 것을 의심하는 모양이다.

화운룡은 벗어두었던 방갓을 썼다.

"멈춰라!"

달려오는 무림인들이 쩌렁하게 소리쳤다. 공력이 실린 외침
은 공기를 크게 격탕시켰다.

호위장령이 초조한 얼굴로 화운룡을 쳐다보았다. 어떻게 할
지를 묻는 것이다.

굳은 얼굴의 화운룡은 고개를 끄떡여서 일단 멈추자는 신
호를 보냈다.

화운룡이 태주에서 양주로 올 때까지만 해도 없었던 무림
인들의 검문이 생겼다는 것은 갑작스럽게 누군가를 찾고 있
다는 뜻이었다.

찾는 사람이 주천곤 부부일 수 있지만 아닐 수도 있다. 다
른 사람을 찾고 있는데 무작정 도주하는 것은 하책이다.

지금 달려오고 있는 무림인이 네 명이니까 위기 상황이 닥
치면 재빨리 처치하고 도주해도 늦지 않는다는 것이 화운룡
의 생각이었다.

호위장령이 뒤쪽으로 말을 몰아가서 무림인들을 저지하는
것처럼 맞이했다.

"무슨 일이오?"

무림인들은 호위장령 앞에 멈추고 마차를 가리켰다.

"마차 안에 누가 탔는지 확인해야겠소."

"누가 탔든 귀하들이 무슨 권한으로 확인하겠다는 것이오?"

호위장령도 호락호락하지 않았다.

무림인들은 황의 경장 차림이며 어깨에는 도검을 메고 있는데 그중 한 명이 당당하게 말했다.

"우린 태사해문 사람이오. 찾는 사람이 있으니 협조해 주기 바라오."

호위장령은 태사해문이 어떤 방파인지 모르지만 이 시역의 세력이라고 생각했다.

"누굴 찾는 것이오?"

태사해문 고수는 강압적으로 나왔다. 그들은 장사치 차림의 화운룡과 호위장령 등을 우습게 여겼다.

"그건 알 필요 없소. 비키시오."

양주에서 태주로 가는 관도 상이면 태사해문의 세력권 한복판이다. 다시 말해서 이곳에선 그들이 왕이다.

화운룡은 재빨리 몇 가지 변수를 생각해 보았다.

가장 큰 가능성은 태사해문이 화운룡을 찾고 있다는 것이다.

그들이 해남비룡문에 화운룡이 없다는 사실이나 그가 양주에 갔다는 정보를 입수했다면 해남비룡문 밖에서 그를 제압하려는 수작일 수 있다.

그들이 화운룡을 찾으려는 이유는 알지만 찾아내서 뭘 어떻게 하려는 것인지는 알 수가 없다.

왜냐하면 거기에 대한 이유가 매우 복잡하고 변수가 많기 때문이다.

태사해문 태주분타가 하룻밤 사이에 감쪽같이 증발한 것이 화운룡 소행이라고 의심하는 것일 수도 있고, 대백하 추선장에 칩거해 있는 태사해문 고수들에 얽힌 일일 수도 있다.

그게 아니면 해남비룡문의 실질적인 문주인 화운룡을 제압해서 강압적으로 협조, 즉 재정적인 지원을 얻어내려는 것일 수도 있다.

어쩌면 주천곤 부부가 강소성 남쪽 지역으로 도주했다는 보고를 받은 광덕왕이 그 지역의 패자인 태사해문을 움직여서 주천곤 부부를 찾아내려는 것일 수도 있다.

하지만 그럴 가능성은 희박했다. 광덕왕이 거기까지 머리를 썼다면 천재다.

호위장령은 더 이상 버티면 외려 의심만 살 것이기에 마지못해서 비켜서면서 화운룡을 쳐다보았다. 그의 지시를 바라는 것이다.

화운룡은 좀 더 지켜보자는 눈짓을 보냈다.

네 명의 태사해문 고수는 꽤나 으스대는 동작으로 거들먹

거리며 마차를 향해 다가갔다.

화운룡과 호위장령, 호위고수 네 명은 무슨 일이 터질 경우 즉각 태사해문 고수 네 명을 죽일 수 있는 거리에서 눈을 번뜩이며 지켜보았다.

호위장령이 재빨리 마차 안의 두 사람에게 전음을 보냈다.

[전하께서 병자처럼 행동하십시오.]

호위고수 한 명이 뜸을 들이면서 마차 문을 열려고 천천히 다가갔다.

그러자 태사해문 고수 한 명이 성큼 앞으로 나서며 그를 밀치더니 마차 문을 벌컥 거칠게 열었다.

태사해문 고수 두 명이 마차 안을 살피고 두 명은 그들의 뒤 양쪽에서 주위를 경계하는데 화운룡 등이 장사치 차림이라서 긴장하지는 않는 표정이다.

마차 안은 컴컴했는데 바닥에 이불이 깔려 있으며 주천곤이 머리카락을 헝클어뜨린 채 누워 있고 옆에는 사유란이 간병하는 것처럼 앉아 있었다.

사유란은 낯선 사람들이 문을 열고 들여다보자 잔뜩 겁먹은 얼굴로 몸을 웅크렸다.

"무, 무슨 일인가요?"

두 명의 태사해문 고수는 누워 있는 주천곤을 뚫어지게 주시했다.

주천곤은 헝클어진 머리카락에 땀을 뻘뻘 흘리고 있어서 얼핏 보기에 병자 같았다.

두 명의 태사해문 고수가 서로의 얼굴을 쳐다보더니 그중 한 명이 품속에서 종이를 꺼냈다.

화운룡은 그가 도영(圖影: 초상화)을 꺼내는 것이라고 짐작했다. 병자인 척하고 있는 주천곤을 자세히 보고는 도영을 꺼낸다는 것은 그의 모습을 확인하려는 것이 분명하다.

즉, 이들은 화운룡이 아니라 주천곤을 찾고 있었다.

화운룡이 미미하게 고개를 끄떡이는 것을 호위장령과 호위 고수들이 발견했다.

부스럭……

도영을 꺼낸 자가 그것을 펼칠 때 호위장령과 네 명의 호위 고수들의 검이 일제히 발검했다.

촤앙!

쌔액! 패액!

"흐악!"

"끄윽!"

태사해문 고수 세 명이 뒷목과 등, 얼굴을 찔려서 비명을 터뜨렸다.

그런데 열려 있는 마차 문에 가려져 있던 한 명이 호위고수의 검에 어깨를 찔리고 재빨리 몸을 돌리면서 검을 뽑았다.

그 순간 화운룡의 검이 그자의 미간을 꿰뚫었다.

팍!

"큭……."

호위장령과 호위고수들의 검이 다시 한차례 허공에 번뜩였고, 이번에는 비틀거리던 자들의 급소를 제대로 찌르고 베어 모두 즉사시켰다.

길을 가던 행인들이 그 광경을 보고 놀라서 비명을 지르며 사방으로 흩어졌다.

화운룡의 검에 미간을 찔린 자는 몇 번 숨을 몰아쉬더니 숨이 끊어졌다.

이곳에서 주루는 멀지 않으므로 태사해문 고수들이 이곳 상황을 모를 리 없었다.

화운룡은 급히 주루 쪽을 쳐다보며 호위장령에게 물었다.

"저쪽은 어떤가?"

호위장령이 안력을 돋우어서 주루 쪽을 쳐다보다가 크게 안색이 변했다.

"비명 소리를 들었는지 놈들이 이쪽으로 몰려오고 있습니다. 주루 안에서도 십여 명이 쏟아져 나왔습니다."

화운룡의 얼굴이 일그러졌다.

'빌어먹을……'

내심으로 욕이 튀어나왔지만 이미 머릿속으로는 어떻게 해야 할지 방법이 섰다.

그는 호위고수 네 명에게 명령했다.

"너희 네 명은 우릴 뒤따라오면서 저들이 가까이 오면 전력으로 막아라."

그리고 마차 안에 대고 말했다.

"두 분은 나오십시오."

화운룡은 두 팔을 내밀어 사유란을 안으면서 호위장령에게 명령했다.

"자넨 아버님을 모시게."

화운룡은 사유란을 앞에 앉혔다.

호위장령은 자신의 뒤에 주천곤을 태우면서 또다시 감탄했다.

이런 급박한 상황에서도 화운룡이 추호도 당황하지 않고 상황을 일사불란하게 지휘하고 있기 때문이다.

화운룡은 아직 무공이 일천하기 때문에 가벼운 사유란을 태운 것이고 호위장령은 이들 중에 가장 고강하기에 주천곤을 맡으라고 했다.

주천곤 부부 두 사람 다 중요하지만 엄밀하게 따지면 주천곤이 더 막중한 신분이다.

"하앗!"

화운룡과 호위장령은 힘차게 말을 달리기 시작했다.

두두두둑!

어자석에서 마차를 몰던 두 명의 호위고수는 동료 호위고수의 말 뒤에 올라타고 뒤따랐다.

화운룡은 일류고수의 경공이 말을 타고 전력으로 달리는 것보다 조금 빠르다는 것을 알고 있다.

이 정도 속력으로 도주하면 반각 후에 태사해문 고수들에게 따라잡히고 만다.

그 상황이 되면 뒤쪽에서 달리는 네 명의 호위고수들이 태사해문 고수들을 저지할 것이다.

그사이에 화운룡과 호위장령은 최대한 멀리 도망쳐야 했다.

무슨 일이 있어도 태사해문 고수들의 시야에서 완전히 벗어나야지만 다른 도주 방법을 시도할 수 있었다.

우두두두두—

화운룡과 호위장령은 쉬지 않고 거의 이각 동안 말을 달리고 있는 중이었다.

뒤따르던 네 명의 호위고수들은 일각 전에 태사해문 고수들을 저지하기 위해서 떨어져 나갔다.

이각 동안 전력으로 말을 몬 화운룡은 몹시 지쳐서 호위장령에게 물었다.

"뒤는 어떤가?"

약간 뒤처져서 경계하며 달리고 있는 호위장령은 캄캄해진 관도를 뒤돌아보더니 대답했다.

"놈들은 보이지 않습니다!"

네 명의 호위고수가 추격하는 태사해문 고수 선두 몇 명만을 막고 있기 때문에 아직은 괜찮을지 모르지만 태사해문 고수들이 속속 들이닥치면 오래 버티지 못하고 뚫릴 것이다.

양주현까지는 이 속도로 이각 동안 더 달려야만 하는데 그전에 뒷덜미를 잡히게 된다.

화운룡은 속도를 늦춰 호위장령과 나란히 달리며 말했다.

"말을 버리자."

"그러는 게 좋겠습니다."

호위장령은 화운룡의 뜻을 즉시 알아차렸다.

태사해문 고수들은 말을 타고 달리는 화운룡 일행을 추격할 것이기 때문에 그것을 역이용하자는 것이다.

두 사람은 즉시 말을 멈추고 내렸다.

화운룡은 재빨리 주위를 둘러보다가 주루 방향으로 가는 수레 행렬을 발견했다.

"자네, 아버님과 저기에 합류하게."

다섯 대의 수레가 짐을 싣고 일렬로 가고 있으며 장사치 이십여 명이 수레 앞뒤에서 걷거나 수레에 타고 있었다.

마침 주천곤이나 호위장령도 장사치 복장을 하고 있으니까 저기에 섞여서 주루 앞을 통과하자는 것이다.

　또한 태사해문 고수들은 화운룡 일행을 추격하느라 주루 앞에는 소수만 남아 있을 테니까 여차하면 호위장령이 그들을 죽이면 된다.

　"왕서께선 어쩌시렵니까?"

　"같이 움직이면 위험하다. 따로 가겠다."

　놈들은 주천곤 부부를 찾고 있는 것이 분명한데 주천곤과 사유란을 같은 행렬에 두면 위험하다.

　"나중에 해남비룡문에서 만나세."

　말을 마치고 화운룡은 혼자 수레 행렬로 달려가 우두머리를 찾아내서 얘기를 했다.

　"나는 해룡상단 사람이오."

　태주나 양주 근처에서 해룡상단하고 연관이 없는 장사치는 한 명도 없다고 단언해도 좋을 정도다.

　그러니까 화운룡이 해룡상단 사람이라고 밝히면 십중팔구 도움을 받을 수 있었다.

　"어디에 누구시오?"

　"삼도상단(三途商團)의 행장(行長) 방술(方述)이오."

　삼도상단은 해룡상단의 십분지 일에도 미치지 못하는 소규모 상단이지만 화운룡은 그 사실을 모른다.

"어디까지 가오?"

"조주(爪州) 포구에 갔다가 배로 숭명(崇明)까지 가는데 무슨 일이오?"

화운룡은 저만치 서 있는 주천곤과 호위장령을 가리켰다.

"저들은 우리 해룡상단 사람인데 한 사람이 아프니까 조구까지만 수레에 태워주시오."

삼도상단 행장 방술은 선선이 고개를 끄떡였다.

"그럽시다."

화운룡은 포권을 했다.

"나중에 해룡상단에 찾아오면 이 일을 잊지 않겠소."

"하하! 이만한 일로 뭘 그렇게까지……."

상로도방(商路都幇)이라는 말이 있다. 상단이나 상전 등 상업에 종사하는 사람이 위험에 처했거나 도움이 필요할 때에는 평소에 원수지간이라고 해도 무조건 도움의 손길을 뻗어야 한다는 말이다.

그것은 상단이나 상전들의 암묵적인 불문율이다. 그런 상황에 처한 사람을 돕지 않았다는 말이 퍼지면 그 상단이나 상전은 훗날 따돌림을 당하게 된다.

화운룡은 손짓을 해서 주천곤과 호위장령을 부르고는 그들쪽으로 마주 걸어갔다.

중간에서 마주치자 화운룡은 호위장령에게 말했다.

"아버님은 환자라고 말했으니까 수레에 태워줄 거야. 조주 포구까지 가서 거기에서 배를 빌려 본 문으로 가게. 장하문을 만나서 얘기하면 알아서 처리해 줄 거야."

주천곤과 사유란은 지금 상황이 얼마나 심각한지 알기에 헤어지지 않겠다는 말을 하지 않았다.

두 사람이 생각해도 부부가 함께 주루 앞의 검문을 통과하는 것은 위험하기 짝이 없을 것만 같았다.

"여보……."

사유란이 울면서 주천곤에게 다가갔다.

주천곤은 사유란의 손을 잡았다.

"운룡이 당신을 잘 보살필 거요."

주천곤은 화운룡에게 고개를 끄떡여 보이고는 몸을 돌려 수레로 걸어갔다.

호위장령에게 두 필의 말을 넘겨받은 삼도상단 사람들은 말을 맨 뒤쪽 수레 꽁무니에 매달았다.

화운룡은 주천곤이 탄 수레가 출발하는 것을 지켜보고 있는 사유란의 손을 잡아 양주 방향으로 걸어갔다.

태사해문 고수들은 주천곤 부부를 표적으로 삼았기 때문에 될 수 있는 대로 주천곤과 멀리 떨어져 있는 것이 좋았다.

화운룡은 주천곤을 삼도상단 사람들에게 맡긴 일이 잘했는지 못했는지 돌아서고 나서 신경 쓰거나 후회하지 않았다.

어떤 상황이든 그는 최선의 방법을 생각해 내고 또 그것은 여태까지 한 번도 틀린 적이 없었다.

그것이 그가 천하제일인이 될 수 있었던 원동력이었다.

화운룡은 사유란의 손을 잡고 반각 동안 양주 방향으로 부지런히 걸었다.

주천곤과 헤어진 지 반각이 지났지만 아직 태사해문 고수들이 나타나지 않았다.

화운룡은 줄곧 태주 방향으로 가는 사람들을 살펴보았지만 자신들이 섞여서 같이 행동을 할 만한 행렬이나 사람들을 발견하지 못했다.

괜히 아무하고나 동행이 됐다가 일이 잘못될 수도 있으므로 신중해야 한다.

그런데 문제가 생겼다. 시간이 지나고 어두워질수록 태주 쪽이든 양주 쪽이든 사람의 왕래가 부쩍 줄어서 언제부턴가 관도에는 화운룡과 사유란만 걸어가고 있었다. 간간이 마주 오는 사람이 눈에 띄는 정도다.

화운룡은 웬만큼 시간이 지나면 다시 태주 쪽으로 방향을 바꿔서 주천곤하고 적당한 간격을 두어 뒤를 따르려고 했는데 행인들의 수가 적어지고 있어서 곤란해졌다.

관도에 오가는 사람이 적으면 태사해문 고수들의 눈에 잘

뛸 것이고 그만큼 위험해진다.

그나마 다행인 것은 시간적으로 주천곤이 지금쯤 주루 앞의 검문을 통과했을 것이라는 사실이다.

주천곤이 무사히 검문을 통과했을 수도 있지만 그 반대일 수도 있었다.

그것을 알 수 있는 방법은 하나다. 태사해문 고수들이 계속 추격해 온다면 주천곤이 잡히지 않은 것이고 추격하지 않는다면 그가 잡혔다는 뜻이다.

태사해문 고수들로서는 주천곤을 잡으면 성공이다. 사유란까지는 신경 쓰지 않을 것이다.

아닐 수도 있지만 주천곤을 잡으면 철수할 가능성이 크다. 화운룡이라면 그럴 것이다.

지금 이 상황에 태사해문 고수들이 추격을 해오면 주천곤이 무사하다는 뜻이라서 반갑기는 할 테지만 화운룡과 사유란으로서는 난감해진다.

더구나 만약 태사해문 고수들이 화운룡과 사유란을 의심이라도 하는 날엔 그야말로 솥에 삶아지고 도마에 오른 불면정조(不免鼎俎)의 상황이 되고 말 것이다.

第九章
증목

 사유란은 이렇게 오랫동안 걸어본 것이 태어나서 처음이었
다. 그녀는 다리와 허리가 아프고 너무 힘이 들어서 급기야
절룩거렸다.

 "아아… 용청… 나 힘들어… 못 걷겠어……."

 사유란은 감정이 격하거나 심신이 고달플 때는 화운룡에게
어리광 섞인 투정을 부리면서 반말을 했다. 지금도 그녀는 화
운룡에게 거의 매달리면서 징징거렸다.

 "어머님, 조금만 참으십시오."

 화운룡은 사유란의 팔을 어깨에 두르고 거의 들어 올리듯

이 걸으며 다독였다.

그녀를 업을 수도 있지만 그렇게 하면 추격자들의 눈에 쉽사리 띄게 된다. 하지만 힘들더라도 나란히 걸으면 그냥 지나는 행인이거니 생각할 것이다.

"아아… 얼마나 더 가야 하지?"

"이각 정도만 더 가면 양주현이니까 그곳 주루에서 좀 쉬도록 하지요."

휘이익—

휘이이—

그런데 화운룡의 말이 끝나자마자 두 사람 곁으로 서늘한 바람이 스치고 지나갔다.

"……."

그것은 바람이 아니라 사람이며 도합 세 명인데 그들이 경공술로 뒤쪽에서 기척 없이 달려와서 화운룡과 사유란의 반장 옆을 스치고 지나간 것이다.

그들의 뒷모습이 바로 태사해문 고수들이라서 화운룡은 일순 멍해졌다.

그는 태사해문 고수들이 등 뒤까지 오도록 까맣게 모르고 있었다는 사실이 어이가 없었다. 그걸 감지하기에는 그의 팔년 공력이 턱없이 부족했다.

추호의 기척도 없이 스쳐 지나간 그들 때문에 화운룡은 복잡한 기분에 빠졌다.

천하제일인 십절무황이었던 그가 이런 형편없는 신세로 전락한 사실을 인정하는 것이 쉽지 않았다.

그는 걸음을 멈추고 태사해문 고수들이 사라진 컴컴한 어둠을 응시했다.

저들이 여기까지 왔다는 것은 저지하던 네 명의 호위고수가 모두 당했다는 뜻이다. 그리고 주천곤이 무사히 주루 앞의 검문을 통과했다는 뜻이기도 하다.

'됐다.'

이제는 화운룡 자신과 사유란만 무사하면 된다는 생각에 마음이 편안해졌다. 그런데 그때 느닷없이 전방에서 희끗한 물체가 불쑥 나타나며 말을 걸었다.

"거기 두 사람."

"악!"

사유란은 귀신을 본 것처럼 너무 놀라서 비명을 지르며 뒤로 자빠졌다. 화운룡은 급히 그녀를 붙잡으면서도 희끗한 물체에게서 시선을 떼지 않았다.

희끗한 물체는 태사해문 고수였다. 사라진 줄 알았던 그들중 한 명이 되돌아서 불쑥 나타난 것이다.

화운룡은 갑작스러운 일에도 추호도 놀라지 않았다. 모르긴 해도 십절무황이었던 그를 놀라게 만들 만한 일은 천하에

존재하지 않을 것이다.

하지만 그는 자신이 놀라지 않으면 상대가 의심을 할 것이기에 한 걸음 늦게 이마의 땀을 닦으며 놀란 체했다.

"무… 슨 일입니까?"

태사해문 고수는 화운룡과 사유란의 온몸을 빠르게, 그리고 날카롭게 살폈다.

그는 두 사람에게 무엇인가 물으려고 되돌아왔으면서도 의심의 끈을 늦추지 않았다.

"두 사람은 어디에 사는 누군가?"

화운룡이 대답했다.

"우린 부부이며 양주 현내에 살고 있습니다."

태사해문 고수는 미미하게 고개를 끄떡이고는 다시 물었다.

"양주 방향으로 두 필의 말이 달려가는 것을 보지 못했나?"

"봤습니다."

태사해문 고수의 눈이 어둠 속에서 빛났다.

"언제였나?"

"일다경쯤 전이었습니다."

"몇 명이었지?"

"그건 모르겠습니다."

자세하게 말하면 의심할 수도 있어서 모른다고 했다.

태사해문 고수는 별 의심 없이 획 몸을 돌리더니 순식간에 사라져 버렸다.

"휴우… 읍!"

사유란이 한숨을 내쉬면서 뭐라고 말하려는데 화운룡이 재빨리 손으로 그녀의 입을 막았다.

그는 사유란 입에서 손을 떼며 조용하라는 손짓을 해 보이고는 그녀를 이끌고 관도 가장자리로 갔다.

이제부터 그는 관도를 최대한 멀리 벗어날 생각이었다. 조금 전 태사해문 고수에게 거짓말을 했기 때문에 그들은 아마도 양주까지 갔다가 속았다는 것을 깨닫고 다시 되돌아올 것이다. 그래서 화운룡으로서는 관도는 어느 방향으로 가더라도 무조건 안 된다.

관도 가장자리에는 풀이 우거졌고 관도 바깥 아래쪽은 들판인데 잡초가 무성했다.

화운룡은 먼저 들판으로 뛰어내렸다가 두 팔을 뻗어 사유란의 양쪽 허리를 잡고 내려주고는 그녀에게 등을 내밀었다.

"업히세요."

"괜찮아. 걸을 수 있어."

사유란은 금방이라도 주저앉을 만큼 힘들지만 화운룡을 힘들게 하고 싶지 않았다.

그렇지만 그녀는 울퉁불퉁 거친 들판을 몇 걸음 걷지 못하고 비틀거렸다.

"업히세요."

사유란은 이번에는 사양하지 못하고 화운룡에게 업혔다.

"헉헉헉……."

화운룡은 사유란을 업고 반 시진 동안 들판을 가로질러서 걸었다.

사유란이 걱정할까 봐 조심하는데도 거친 숨소리가 입 밖으로 쏟아져 나오는 걸 어쩌지 못했다.

그는 두 손으로 사유란을 업고 있는 탓에 울퉁불퉁한 들판을 걷는 데 중심을 잡지 못해서 이리저리 비틀거리며 여간 힘든 게 아니다.

사유란은 아담하고 가녀린 체형이라서 그다지 무겁지 않지만 운하의 싸움에서 등에 상처를 입은 데다 아까부터 고군분투했던 화운룡으로서는 풀잎 하나도 무거운 상황이다.

사유란은 등에 찰싹 붙어서 뺨을 어깨에 얹은 채 눈을 감고 움직임이 없어서 자는 것 같지만 잠이 들지는 않았다.

그녀는 아주 어렸을 때 아버지 등에 자주 업힌 적이 있었는데 다섯 살 이후로는 어느 누구에게도 업힌 적이 없었다.

어린아이였던 그녀가 아버지에게 업혔을 때는 세상을 다 가진 것처럼 편안하고 행복했다.

그런 소중한 기분을 아주 오랫동안 느끼지 못했었는데 화운룡에게 업히고는 이십삼사 년 만에 어렸을 때 그 행복을 아슴아슴 느끼고 있었다.

그녀는 지금 서너 살 어린아이로 돌아가 있었다.

"헉헉헉……."

화운룡이 힘들어서 헐떡이는 숨소리가 들렸으나 사유란은 그의 등에서 내리고 싶지 않았다. 힘들기도 하지만 이 행복함을 더 오래 느끼고 싶었다.

그때 화운룡이 무의식적으로 내딛던 걸음을 급히 멈추면서 후다닥 뒤로 물러섰다.

쿵!

"앗!"

그 바람에 엉덩방아를 찧으면서 사유란과 함께 뒤로 쓰러지고 말았다.

그의 앞에 갑자기 낭떠러지가 나타났기 때문이다. 캄캄한 밤중에 아무 생각 없이 걸어가던 들판에 느닷없이 낭떠러지가 나타나다니, 반응이 조금만 늦었더라면 두 사람이 한 덩어리가 되어 아래로 추락할 뻔했다.

"아아……."

뒤로 누운 자세에서 깔려 있는 사유란이 신음 소리를 내자 화운룡은 벌떡 일어나 그녀를 일으켜 주었다.

"다치신 곳은 없습니까?"

"아아… 없는 것 같아……."

"여기에 잠시 계십시오."

화운룡은 그녀를 놔두고 낭떠러지 가까이 다가가서 무릎을 꿇고 아래를 살펴보았다.

그리 멀지 않은 아래쪽에서 물 흐르는 소리가 났다. 물줄기, 즉 시냇물인 듯한데 물소리가 가까이에서 들리는 것으로 미루어 낭떠러지는 깊은 것 같지는 않았다.

그믐달도 없는 워낙 캄캄한 밤이라서 도망치는 입장에서는 더할 나위 없이 좋지만 몇 걸음 앞조차 보이지 않아 화운룡으로서는 고생이 말이 아니다.

그는 낭떠러지 가장자리에 엎드려서 안력을 최대한 돋우었다. 한참이 지나서야 어둠이 눈에 익어 저 아래 흐릿하게 반짝거리면서 흐르는 물줄기가 보였다.

낭떠러지는 수직이며 팔구 척으로 화운룡의 키보다 절반 정도 더 깊었다.

"아얏!"

그때 뒤쪽에서 사유라의 뾰족한 비명 소리가 들렸다.

"무슨 일입니까, 어머님?"

"아… 아무것도 아냐. 벌레한테 쏘였나 봐."

"이쪽으로 오십시오."

부스럭거리는 소리가 나더니 어둠 속에서 엉금엉금 기어오는 사유란의 모습이 나타났다.

그녀는 앞으로 고꾸라질 듯 흔들거리면서 화운룡 곁에 다가와 그의 팔을 붙잡았다.

"여기에 계시면 제가 먼저 아래로 내려가서 어머님을 잡아드리겠습니다."

사유란은 컴컴한 아래를 보면서 두려운 표정을 지었다.

"저기에 뭐가 있어?"

"냇물인데 건너야 합니다."

화운룡은 아래쪽이 잘 보이지 않아서 뛰어내리지 못하고 몸을 뒤로 돌려 엎드린 자세로 낭떠러지 위의 풀포기를 붙잡고 다리부터 내려갔다.

풍…….

아래는 풀이 무성하고 물컹물컹한 진흙이라서 발목까지 깊이 빠졌다.

그가 위로 한껏 손을 뻗었지만 낭떠러지 위까지 닿지 않았다. 또한 바닥이 진흙이라서 발돋움을 할 수가 없다.

"어머님, 방금 제가 했던 것처럼 몸을 돌려 엎드려서 발부터 아래로 내리십시오."

평소의 사유란이라면 지금 같은 상황에서 죽었다가 깨어나도 이처럼 어려운 일을 할 수 없을 테지만 지금은 절박한 상황이라서 할 수밖에 없다고 생각했다.

"어… 떻게 하라고?"

"다리를 아래로 하고 낭떠러지 끝에 엎드려서 풀포기를 두 손으로 잡으십시오."

사유란은 화운룡이 시키는 대로 했다.

"이… 렇게?"

"그렇습니다. 그대로 천천히 다리를 아래로 뻗으십시오."

"아아……."

사유란은 두 손으로 풀포기를 잡은 상태에서 팔을 펴며 다리를 아래로 뻗는데 발끝에 아무것도 닿지 않자 당황해서 두 발을 허우적거렸다.

"아아… 어떻게 해… 발이 안 닿아……."

그러면서 그녀는 잡고 있던 풀포기를 놓쳐서 추락했지만 화운룡이 두 팔로 안았다.

그런데 그녀의 몸이 화운룡의 위로 곧장 떨어졌다.

픽!

"악!"

이번에는 화운룡이 사유란을 안은 채 뒤로 널브러졌다.

그 바람에 두 사람은 진흙 범벅이 돼버렸다.

화운룡은 진흙탕에서 겨우 빠져나와 사유란을 일으킨 후에 냇물에 들어가 발을 담갔다.

다행이 냇물은 깊지 않았지만 예상 밖으로 물살이 세찼다.

두 발을 냇물에 담그고 조금 걸어나가니까 가슴까지 물이 차올랐다.

복판은 더 깊을 것 같았지만 그가 사유란을 업고 헤엄을 치면 냇물을 건너는 것은 어렵지 않을 듯했다.

그가 몸을 돌려서 두 팔을 내밀어 사유란을 잡으려고 하는데 그녀가 먼저 냇물에 뛰어내렸다.

첨벙!

"아앗!"

그러나 세찬 물살을 염두에 두지 않고 냇물에 뛰어내린 그녀는 순식간에 균형을 잃고 쓰러졌다.

"어머님!"

화운룡이 다급히 손을 뻗었으나 빈 물살만 잡고 말았다.

"아앗! 용청!"

사유란은 물살에 휩쓸려서 어둠 속으로 사라지면서 처절하게 비명을 질렀다.

"아아악! 용청, 살려줘!"

그야말로 아차 하는 사이에 사유란의 목소리는 오 장이나 먼 곳에서 들렸다.

화운룡은 급히 냇가 땅으로 뛰어올라 물살을 따라 아래로 미친 듯이 달렸다.

진흙탕이라고는 하지만 물속에서 뛰는 것보다 훨씬 빠를

것이라고 순간적으로 판단했으며 그 판단이 맞았다.

또한 조금 뛰다 보니까 진흙탕이 끝나고 풀이 나와서 더 빠르게 달릴 수 있게 되었다.

그는 달리면서 냇물을 쳐다보았지만 캄캄한 냇물에 사유란의 모습이 보이지 않았고 이제는 더 이상 그녀의 비명도 들리지 않았다.

물살에 휩쓸려 깊은 곳으로 빠진 것이 분명하다.

"어머님!"

거의 제정신이 아닌 화운룡은 악을 쓰면서 굴러가는 것처럼 내달렸다.

천하제일인이었던 그를 놀라게 할 것이 천하에는 존재하지 않을 것이라고 했지만 그게 아니다.

지금 사유란을 찾지 못하면 그녀가 죽을 것이라는 생각을 하자 그는 놀라는 정도가 아니라 이성을 잃고 말았다.

세상을 다 살아본 팔십사 세 노인의 느긋한 여유 따윈 사라져 버렸다.

"어머님!"

최초 사유란이 물살에 휩쓸린 곳에서 오십여 장이나 하류로 달렸지만 그녀의 모습은 보이지 않고 비명 소리도 끊어졌으며 빠르게 흐르는 물소리만 들렸다.

그는 물살의 빠르기로 봐서는 떠내려간 사유란을 자신이

앞질렀을 것이라고 판단했다.

그래서 그 자리에 멈추고 즉시 냇물로 뛰어들어 복판으로 가서 상류를 향해 우뚝 섰다.

그는 사유란이 떠내려 오는 것을 발견하려고 눈을 부릅뜨고 이리저리 빠르게 살폈다.

만약 그의 판단이 틀려서 사유란이 이미 하류로 떠내려갔다면 그녀는 죽은 목숨이나 다름이 없었다.

하지만 그는 자신의 판단을 굳게 믿었다. 그를 천하제일인으로 만들어준 타의 추종을 불허하는 판단력은 이날까지 거의 틀려본 적이 없었다.

그렇지만 다섯 호흡쯤 지나서도 사유란의 모습이 보이지 않자 그는 조금 초조해졌다.

자신이 사유란을 앞지른 것은 분명한데 냇물의 폭이 칠팔 장이나 되기 때문에 냇물 한가운데 서서 양쪽을 다 자세히 살펴볼 수 없는 상황이라서 그녀를 놓칠 수도 있기 때문이다.

'제발……'

천하제일인도 이런 상황에서는 하늘에 간절하게 기도하는 심정일 수밖에 없다.

그는 이 순간의 자신이 너무도 무기력하다는 생각에 이번 생에서는 평범하게 살아야겠다는 결심이 크게 흔들렸다.

만약 지금 이 순간 그에게 십절무황의 절세신공이 있었다면 사유란을 찾아내는 것은 여반장처럼 쉬운 일이다. 그러므로 무공은 있어야만 하고 고강하면 고강할수록 좋은 것이라는 사실을 새삼 절감했다.

사유란은 극도로 지친 상태였기 때문에 이렇게 세찬 물살에서는 허우적거릴 힘조차 없을 터이다. 이미 정신을 잃고 물살에 떠내려가는 것이 전부일 것이다.

그는 가만히 서 있을 수가 없어서 이리저리 움직이며 물속을 뚫어지게 주시하면서 두 손을 바쁘게 이리저리 저어보았지만 검은 물살과 흰 포말만 보일 뿐 사유란의 모습은 어디에도 보이지 않았다.

툭…….

그가 한쪽으로 갔다가 다시 제자리로 돌아오는데 무언가 그의 다리를 묵직하게 건드렸다.

"……!"

그 순간 그는 몸을 돌리면서 방금 자신의 다리를 건드린 물체를 향해 힘껏 몸을 날렸다.

촤악!

최대한 한껏 두 팔을 뻗어 힘차게 좌우로 휘젓다 오른손 끝에 무언가 닿는 것을 느끼는 순간 움켜잡았다.

사유란의 발목이다.

'잡았다!'

그러나 그녀의 발목을 잡기는 잡았는데 엎드린 자세가 된 그의 몸도 같이 빠르게 떠내려가고 있다.

수심이 깊어지고 물살도 더 빨라져서 한 손으로 헤엄을 치는 것은 거의 효과가 없어 속수무책이다.

이런 상황에서는 자연스럽게 그의 오랜, 그리고 풍부한 경험이 빛을 발하게 된다.

그는 물살을 이기려고 하지 않고 물살에 몸을 맡긴 채 떠내려가면서 사유란의 다리를 잡아당겨 허리를 끌어안았다.

당연한 일이지만 이미 정신을 잃은 그녀는 그의 품에서 축 늘어져 마치 커다란 젖은 빨래 뭉치를 안고 있는 느낌이었다.

그는 한 팔로 사유란의 허리를 단단히 안은 상태에서 물살을 따라 흘러가면서 비스듬히 건너 쪽으로 헤엄쳐 갔다.

한 팔로 급류를 헤쳐 나가는 것이 어깨가 빠지는 것 같으며 허파가 찢어지고 심장이 터질 것처럼 힘들었지만 이를 악물고 팔다리를 움직였다.

간신히 건너편 냇가에 이른 그는 엉금엉금 기어서 자갈밭 위로 올라서고는 그대로 벌렁 누워서 뻗었다.

"하악… 하악… 하악……."

지난 생애를 통틀어서 이렇게 온몸이 해체가 될 정도로 힘들었던 경우는 한 번도 없었던 것 같았다.

하지만 그는 헐떡거리다가 채 열 호흡도 지나지 않아서 꿈틀거리며 몸을 일으켰다.

이렇게 늘어져 있을 겨를이 없다. 사유란이 어떻게 됐는지 살펴야 하기 때문이다.

사유란을 똑바로 눕히고 코와 입에 귀를 대보았다.

역시 숨을 쉬지 않았다. 그렇게 오랫동안 물속에서 떠내려 왔으므로 숨을 쉬고 있으면 외려 이상한 일이다.

이럴 때는 어떻게 해야 하는지 화운룡보다 잘 알고 있는 사람은 드물 것이다.

그는 사유란을 옆으로 세워서 모로 눕힌 다음에 가볍게 등을 두드렸다.

탁탁탁탁…….

그렇게 함으로써 입속과 기도에 가득 들어차 있는 물을 밖으로 흘려낸다.

이것은 궐과래(撅過來)라는 수법이며 의술에서의 일종의 인공호흡법이다.

이 수법을 알고 있으며 또한 시행할 수 있는 사람은 그다지 많지 않을 터이다. 의술에 정통해야지만 가능한 수법이기 때문이다.

그는 팔 년 공력을 극한으로 끌어 올려서 두 손에 주입하고는 사유란의 등을 주무르면서 진기를 주입하며 압박했다가 힘을 빼기를 반복적으로 거듭했다.

궐과래에 추궁과혈수법을 가미한 수법이며, 이 동작으로 멈추었던 심장을 다시 뛰게 하는 것이다.

'제발… 죽으면 안 됩니다, 어머님……'

사유란의 죽음으로 인해서 절망하게 될 옥봉과 주천곤은 다음 문제다.

화운룡은 그동안 정들었던 사유란이 이런 식으로 허무하게 이승을 떠나게 할 수는 없었다.

"……"

그녀가 눈을 떴다.

"허억… 헉헉… 제발… 죽으면 안 됩니다……."

그녀의 흐릿한 시야 속에서 화운룡의 절박한 모습이 크게 각인되었다.

순간 그녀는 입을 통해서 폐 속에 마지막 남은 물을 꾸역꾸역 통해냈다.

"우욱! 욱……."

그녀의 등을 두드리던 화운룡의 손이 뚝 멈췄다.

"어머님……."

"아아… 용청……."

화운룡은 마침내 사유란을 살려냈다는 안도감에 더없이 기뻤고, 사유란은 자신이 죽지 않고 살아났다는 기쁨에 서로를 와락 끌어안았다.

"어머님!"

"용청! 으흐흑……!"

잠시 후에 화운룡이 사유란을 떼어냈다.

"어머님, 운공을 할 테니 잠시 누워 계십시오."

화운룡이 기부좌의 자세로 자리를 잡는 것을 보고 사유란은 옆에 가만히 앉았다.

화운룡은 연달아 세 차례 운공조식을 하고 나서 기력이 회복되고 상쾌해진 것을 느꼈다.

사유란이 깨어난 직후에 서둘러서 운공조식을 한 이유는 완전히 바닥난 기력을 되찾아서 그녀를 업고 한시바삐 이곳을 벗어나기 위해서였다.

그런데 운공을 끝낸 화운룡은 반듯하게 누워 있는 사유란을 보고 움찔 놀랐다.

"아아……."

그녀가 가느다란 신음을 흘리고 있었기 때문이다.

"어머님!"

사유란이 땀을 뻘뻘 흘리면서 힘겹게 눈을 떴다.

"용청… 나 아파……."

화운룡이 그녀에게 가까이 다가가서 이마에 손을 대보았더니 열이 펄펄 끓었다.

'상풍(傷風: 감기)인가?'

내심 중얼거리던 그는 아까까지만 해도 눈처럼 희었던 그녀의 얼굴이 거무스름하게 변한 것을 발견하고 흠칫했다.

"어머님, 토할 것 같습니까?"

"으… 응, 속이 몹시 메스꺼워……."

"몸에 감각이 느껴지지 않습니까?"

"아아… 그런 거 같아……."

화운룡은 그녀가 중독됐음을 직감했다.

그는 아까 냇물을 건너기 전에 낭떠러지 위에서 사유란이 벌레에 물렸다고 말했던 기억이 났다.

"어머님, 아까 벌레에 물린 곳이 어딥니까?"

"여… 여기……."

사유란은 몸을 뒤집으려고 애썼지만 꿈틀거리는 것에 그쳤으며 손으로 아래쪽을 가리켰다.

화운룡은 즉시 그녀의 바지를 걷어 올렸다.

"아… 용청… 나 많이 아파……."

사유란의 중얼거림에 그녀를 뒤집어 얼굴을 가까이 대고 자세히 살피다가 종아리에 네 개의 움푹 파인 빨간 자국이 위아래로 나란히 있는 것을 발견했다.

'독사다.'

그녀가 풀밭에 앉아 있다가 독사에 물린 게 분명했다.

사실 그녀는 풀밭에 앉으면서 마침 그곳에 있던 독사를 깔고 앉았다가 물린 것이다.

그때로부터 족히 이각 이상 흘렀으므로 독이 거의 온몸으로 퍼졌을 것이다.

화운룡은 엎드려 있는 사유란의 종아리, 즉 독사에 물린 부위에 입을 대고 힘껏 독을 빨아내기 시작했다.

"퉤엣!"

검붉은 독액이 뱉어지자 그는 쉬지 않고 계속 빨아냈다.

그가 이십여 차례나 독액 뱉어내기를 끝냈을 때 사유란은 이미 혼절해 있었다.

화운룡은 야산을 바쁘게 돌면서 율초(繂草)를 꽤 많이 구한 후에 서둘러 사유란을 숨겨놓은 곳으로 돌아왔다.

그에게 십절무황의 반의반에 해당하는 공력만 있다고 해도 지금 당장 사유란을 깨어나게 할 수 있지만 현재로선 약초에 의존하는 수밖에 없었다.

부스럭…….

그가 우거진 덩굴 숲을 헤치고 들어가자 몇 개의 바위가 모여 있는 곳이 나타났다.

그곳은 주변에 나무와 덩굴이 무성해서 여간해서는 바깥에서 눈에 띄지 않았다.

그는 몇 개의 바위 꼭대기가 서로 맞닿아 있는 곳 아래쪽의 공간으로 몸을 숙이고 들어갔다.

안쪽은 아담한 공간이며 바닥에는 풀이 깔려 있고 그 위에 사유란이 죽은 듯이 누워 있었다.

화운룡은 숨 돌릴 틈도 없이 안고 온 율초를 한쪽에 내려놓고 그중에 한 움큼을 뜯어내서 미리 준비했던 넓적한 돌 판에 고르게 편 후 단단한 돌을 쥐고 찧기 시작했다.

탁탁탁탁.

캄캄하고 조용한 산중에 약초 찧는 소리가 잔잔하게 밀리까지 울려 퍼졌다.

만약 이 근처에 태사해문 고수들이 있다면 백발백중 발각되겠지만 어쩔 수 없는 일이다.

화운룡은 독상을 입은 채 혼절한 사유란을 업고 들판을 건너 야산으로 들어와 이곳을 발견하고 그녀를 눕히고는 쉴 새도 없이 독상에 좋은 약초를 채취하러 갔었다.

코끝조차 보이지 않는 한밤중 울창한 숲속을 더듬다시피 돌아다니면서 약초를 구해 온 그는 온몸 여기저기 긁히고 찢어진 형편없는 몰골이 되었다.

그렇지만 사유란을 살려야겠다는 일념 때문에 그는 아픈 줄도 모르고 있었다.

이윽고 약초를 적당하게 으깬 그는 사유란의 몸을 조심스럽게 뒤집어서 바지를 무릎 아래로 내렸다.

사유란은 속곳을 입지 않았다. 아까 독액을 빨아낼 때 속곳이 자꾸 상처를 가리는 탓에 뜯어냈는데 어디로 사라졌는지 보이지 않았고 찾아서 입힐 겨를도 없었다.

속곳뿐만 아니라 가슴 가리개 유조도 궐과래를 하는 도중에 날아가 버렸다.

화운룡은 엎드린 자세의 사유란의 상처에 으깬 율초를 고르게 펴서 발랐다.

율초의 액은 매우 독해서 상처에 스며들면 굉장히 쓰리고 따가울 테지만 그래도 사유란이 혼절해 있는 것이 천만다행이었다.

율초는 들판이나 야산에 흔하게 덩굴져서 자라는 야생초이지만 그것이 독사에게 물렸을 때 매우 뛰어난 효능이 있다는 사실을 알고 있는 사람은 그다지 많지 않다.

사유란을 문 독사가 맹독을 지니지 않았다면 이런 식으로 서너 번 율초 으깬 약초를 발라주면 깨어날 것이다.

第十章
정현왕의 죽음

화운룡은 야산의 바위틈 은신처에서 아침을 맞이했다.

그는 밤새 사유란 곁에서 떠나지 않고 세 번 더 상처에 약초를 갈아주었다.

"음……."

돌을 베고 길게 누워 있는 화운룡 품에 안겨 있는 사유란이 미약한 신음 소리를 냈다.

밤에는 너무 추운 탓에 치료를 하고 나서는 줄곧 화운룡이 그녀를 품에 안고 있었다.

눈을 뜬 사유란은 자신이 화운룡 품에 안겨 있는 사실을 알았지만 놀라지 않았다.

그녀가 화운룡에게 업히거나 품에 안겨 있는 것은 이제 예사로운 일이 되었다.

지금의 그녀에게 화운룡은 사위가 아니라 자신을 살려준 놀라운 실력의 은인이다.

"용청……."

그녀의 나직한 목소리에 화운룡은 잠이 깼다.

"어머님, 괜찮으십니까?"

"나 악몽을 꿨어……."

괜찮으냐고 물으니까 동문서답을 하는 사유란이다. 물살에 휩쓸려 떠내려가서 익사할 뻔하고, 독사에 물려 중독돼서 죽을 뻔하다가 겨우 살았으니까 악몽을 꿀 만했다.

사유란은 화운룡의 품에서 벗어나려고 하지도 않고 갑자기 눈물을 흘렸다.

"전하께서… 피투성이가 되어 꿈에 나타나셔서 나더러 원통하다면서 복수를 해달라며 피눈물을 흘리셨어……."

화운룡은 움찔했다. 원래 사경을 헤매던 사람이 다른 사람의 꿈을 꾸면 그게 현실이라고 했다.

사유란의 꿈에 주천곤이 피투성이가 되어 나타나서 원통하니까 복수해 달라고 말했다면 그가 죽어서 원귀(寃鬼)가 됐다는 뜻이다.

화운룡은 불길함이 등줄기에서 스멀거렸다.

그는 무섭다면서 흐느껴 우는 사유란을 품에 안은 채 등을 쓰다듬었다.

"아버님께선 무사하실 겁니다. 강한 분이라는 것을 어머님도 잘 아시잖습니까?"

말은 그렇게 했지만 화운룡은 불길함을 떨쳐 버리지 못했다.

그는 몸을 일으켜 앉아 사유란의 맥을 짚어보았더니 정상적인 상태는 아니지만 위험한 고비는 넘겼다.

"어머님, 약을 한 번 더 바르고 나서 출발해야겠습니다."

"약을 왜……."

"어머님은 아까 풀밭에 앉아 계실 때 벌레가 아니라 독사에 물리셨습니다."

"독사에……."

사유란의 얼굴이 하얗게 질리자 화운룡이 안심시켰다.

"제가 치료를 해서 이제 안심하셔도 됩니다."

"아… 용청이 나를 물에서도 구해주고 독사에 물린 것도 치료해 준 거야?"

"그렇습니다, 어머님."

그녀는 또 눈물을 글썽거렸다.

"물에 떠내려갈 때 나는 죽는 줄만 알았어……. 우리 딸 봉아도 못 보고 죽는다고 생각하니까 너무 슬펐어……. 그런데 용청이 날 살렸어……."

"어머님, 치료를 한 번 더 하고 여길 떠나야겠습니다."

사유란은 눈을 깜빡거렸다.

"나… 종아리에 벌레… 아니, 독사 물린 것 같은데 거기 치료한 거야?"

"네."

팔십사 년을 산 화운룡에게 삼십오 세 사유란은 손녀뻘이지만 현실에서는 젊은 장모님이다.

"바지 걷어보십시오."

화운룡은 그녀의 상처에 근처에서 구한 약초를 붙였다.

그날 밤 자정이 다 돼서야 화운룡과 사유란은 거지꼴이 되어 태주현 해남비룡문에 도착했다.

그는 어쩌면 해남비룡문이 감시를 당하고 있을지도 모른다는 생각에 뒤쪽으로 돌아가서 담을 넘었다.

먼저 사유란을 담 위에 올려놓고는 자신이 담을 넘고 나서 그녀를 받아 내려주었다.

"누구냐?"

그때 어둠 속에서 나직하지만 웅혼한 목소리가 들렸다.

그러고는 두 명의 무사가 담 아래의 인공 숲 속에서 빠르게 다가오더니 검을 뽑았다.

차창!

장하문은 해남비룡문을 어느 방파나 문파도 흉내조차 내지 못할 만큼 체계적으로 정비를 했으며, 그중에 하나가 밤낮으로 해남비룡문 곳곳을 무사들이 조를 짜서 지키게 한 것이다.

그 덕분에 지금의 해남비룡문은 나는 새도 잠입하지 못할 정도의 용담호혈로 변모했다.

화운룡은 사유란을 부축한 채 당당하게 서서 대답했다.

"나는 화운룡이다."

두 명의 무사는 화운룡을 자세히 살폈다. 지금 화운룡은 머리카락을 쑥대머리고 얼굴은 온통 긁힌 데다 흙과 검불이 붙은 거지 중에서도 상거지 몰골이었다.

사유란 역시 나을 게 없는 몰골에 상의 앞섶이 뜯어져서 두 손으로 앞섶을 여민 채 화운룡 뒤에 숨었다.

"소문주!"

"조용하라."

두 명의 무사가 비로소 화운룡을 알아보고 낮게 외치자 그가 주의를 주었다.

"나는 운룡재로 갈 테니 내가 왔다는 사실을 아무에게도 알리지 마라."

"알았습니다."

화운룡이 사유란을 부축해서 운룡재 쪽으로 가려는데 그녀는 채 두 걸음도 걷지 못하고 쓰러질 것 같아 그가 업고 휘청거리면서 걸었다.

화운룡이 사유란을 업고 운룡재로 들어서자 한바탕 난리 법석이 벌어졌다.

제일 먼저 소랑과 전중이 달려 나오고 그다음에 침실에 있던 옥봉과 이 층의 장하문, 벽상이 뛰어 내려왔다.

화운룡은 모두 조용할 것과 불을 많이 밝히지 말라고 이르고는 자신의 거처 거실로 향했다.

거실 탁자 쪽에 서 있는 그의 주위로 사람들이 모여들어 그의 형편없는 몰골에 더없이 놀라는 표정을 지었다.

"용공… 무슨 일이에요?"

옥봉이 다가와서 안기며 눈물을 글썽거렸다.

옥봉과 장하문 등은 화운룡이 운설과 함께 양주에 주천곤 부부를 찾으러 간 줄만 알고 있을 뿐이지 그에게 무슨 일이 있었는지는 전혀 모르고 있었다.

그런데 화운룡이 누군가를 업고는 상거지 꼴로 자정이 다 돼서 불쑥 나타났으니 기절할 일이다.

화운룡을 보내놓고서 옥봉은 그가 부모님을 찾을 수 있을 것인가보다는 그의 안위가 더 걱정이 됐다.

"랑아, 문을 닫아라."

화운룡은 거실 문을 닫게 하고는 업고 있는 사유란을 의자에 조심스럽게 앉혔다.

사유란은 봉두난발에 거지꼴이며 얼굴에 온갖 지저분한 것들이 다 묻은 탓에 옥봉마저도 모친을 알아보지 못했다.

"봉아."

사유란이 이름을 부르자 그제야 옥봉은 소스라치게 놀라 그녀에게 다가갔다.

"어머니!"

"그래. 엄마다, 봉아……!"

옥봉은 울음을 터뜨리며 사유란에게 와락 안겼다.

"어머니! 정말 어머니가 맞군요……!"

화운룡은 옥봉과 사유란의 모녀 상봉을 보면서 마음이 더없이 착잡해졌다.

관도에서 주루 앞 검문을 통과하라고 삼도상단과 같이 보낸 주천곤과 호위장령이 무사했다면 오래전에 해남비룡문에 도착했을 것이다.

그리고 그들이 도착했다면 옥봉과 장하문이 아무 말도 하지 않고 가만히 있을 리가 없었다.

화운룡은 그동안 있었던 일들을 간략하게 설명했다.

그러나 사유란이 거지패 왕초에게 겁탈을 당할 뻔했던 일이나 도망치다가 냇물에 떠내려가고, 또 독사에게 물려서 죽을 고비에 처했다가 화운룡이 살렸다는 일에 대해서는 일체 말하지 않았다.

사유란으로서는 수치스럽고 부끄러운 일이라서 구태여 말할 필요가 없었다.

또한 화운룡이 그녀를 살리려고 행했던 일들을 설명하는 것 자체가 남부끄러운 일이었다.

아버지가 실종되어 생사가 묘연한 상황이지만 옥봉은 울며불며 이제 어떻게 하느냐고 발을 동동 구르는 철없는 행동은 하지 않았다.

그저 얼굴에 걱정스러운 표정을 가득 떠올린 채 옆에 앉은 사유란의 손을 꼭 잡고 있었다.

자신보다는 어머니가 더 아버지를 걱정할 것이기에 솟구치는 감정을 다스리고 있는 효심 깊은 딸이다.

또한 자신이 울며불며 해봐야 아무 소용이 없으며 오로지 화운룡을 굳게 믿는 마음이 크다는 뜻이기도 하다.

장하문이 굳은 표정으로 일어섰다.

"제가 밖에 나가서 알아볼 동안 주군께선 잠시 쉬십시오."

"그들은 어찌 됐나?"

대백하 추선장에 칩거하고 있는 태사해문 고수들의 동향을
묻는 것이다.

"모두 떠났습니다."

"떠나?"

"방금 주군 말씀을 듣고 보니까 그들이 왜 떠났는지 짐작
가는 게 있습니다."

그들이 떠났다는 말을 듣는 순간 화운룡도 짚이는 게 있었
다. 태사해문이 주천곤을 찾고 있으므로 그들도 그 일에 투입
된 것이 분명했다.

그들이 떠남으로써 해남비룡문은 위험에서 벗어났지만 주
천곤은 오히려 위험해졌다.

그가 아직 무사하다면 말이다. 태사해문은 양주와 태주 일
대에 천라지망을 깔았다.

화운룡은 침중한 얼굴로 고개를 끄떡였다.

"다녀오게."

장하문은 궁금한 얼굴로 물었다.

"그녀는 갔습니까?"

혈영단주 운설을 말하는 것이다. 양주에 갈 때는 운설이
화운룡과 같이 갔는데 돌아왔을 때는 보이지 않으니까 궁금
한 모양이다.

또한 화운룡이 모진 고생을 했다는 얘기를 듣고 장하문은

운설에게 적잖이 원망이 생겼다.

운설이 십절무황의 최측근인 무황십이신 중에 한 명이며 그 사실을 그녀도 알고 있으면서도 주군인 화운룡을 내버려 두고 훌쩍 떠났다는 것은 원망을 받아 마땅한 일이다.

화운룡이 묵묵히 고개를 끄떡이자 장하문은 공손히 예를 취하고 나갔다.

옥봉이 사유란의 손을 잡고 일어나더니 다른 손으로 화운룡의 손을 잡았다.

"두 분은 우선 씻으셔야겠어요."

그녀는 두 사람 손을 잡고 가면서 소랑에게 지시했다.

"랑아, 목욕물 데우고 두 분 식사 준비해라."

"네, 소저."

소랑은 공손히 허리를 굽혔다.

옥봉은 운룡재뿐만 아니라 해남비룡문 내에서 자신의 존재감을 또렷하게 만들어가고 있는 중이었다.

화운룡은 해남비룡문 사람들에게 옥봉이 장차 자신의 아내가 될 사람이라고 소개를 했다.

그 덕분에 화운룡의 부모는 물론이고 누나와 여동생들, 매형들까지 옥봉을 가족의 일원으로 흔쾌히 받아들였다.

옥봉은 어린 나이지만 꿈속 무릉도원 용황락에서 화운룡과 오십 년 넘게 부부지연을 맺고 살았기에 세상 물정은 어둡지만 화운룡에 대해서는 모르는 게 없다.

그런 그녀이기에 해남비룡문에서 며느리이며 소문주의 아내로서 입지를 굳히는 데에는 아무런 문제 될 것이 없다.

"봉애, 잠시만 나가 있다가 내가 부르면 들어와."

화운룡의 말에 옥봉은 이유를 묻지도 않고 침실에 그와 사유란을 남겨둔 채 밖으로 나갔다.

"이제 상처를 보여주십시오, 어머님."

목욕을 해서 뽀얘진 사유란은 문 쪽을 보고는 옥봉이 나간 것을 확인하고서야 새로 갈아입은 치마를 걷어서 종아리를 보였다.

화운룡은 율초 으깬 것을 그녀의 상처에 고르게 발랐다.

독사에게 물린 상처 부위는 거의 나았으며 체내의 독도 완전히 제거되었지만 만약을 위해서 한 번 더 치료하는 것이다.

"이게 마지막 치료입니다."

"그럼 나 다 나은 거야?"

"그렇습니다."

치료를 끝내자 침상에 앉은 사유란이 그윽한 눈길로 화운룡을 바라보았다.

"정말이지 용청한테는 뭐라고 말할 수 없을 정도로 큰 은혜를 입었어. 용청이 아니었으면 난 귀신이 돼서 황천을 떠돌고 있을 거야."

이제 그녀는 화운룡에게 존대를 하는 법을 잊어버린 모양
이다. 그만큼 그와 친밀해졌다는 뜻이었다.

"그런 말씀 하지 마십시오."

사유란은 자신의 앞에 서 있는 화운룡의 손을 잡고 간절한
표정을 지었다.

"용청, 전하를 꼭 찾아서 구해줘."

화운룡은 자신의 손 절반밖에 되지 않는 그녀의 조그만 손
을 힘주어 맞잡았다.

"무슨 일이 있어도 기필코 아버님을 찾아내겠습니다."

"고마워. 내가 믿을 사람은 용청뿐이야……."

사유란은 화운룡을 올려다보며 울먹였다.

그녀에겐 믿고 의지할 사람이 정말 화운룡뿐이었다.

*   *   *

극도로 피곤했던 화운룡은 깊은 잠에 빠졌다.

깊은 밤. 방문이 열리고 누군가 살며시 침실 안으로 들어와
작은 목소리로 옥봉을 불렀다.

"봉아."

조심스러움이 잔뜩 배어 있는 사유란의 목소리다.

"어머니."

옥봉은 깜짝 놀라 침상에서 내려왔다.

들어온 사람은 사유란인데 그녀는 캄캄한 실내를 주춤거리면서 침상으로 다가오며 울먹였다.

"나 혼자 자는 게 너무 무서워. 여기에서 자게 해줘."

옥봉은 지금 같은 상황에 어머니가 얼마나 힘들고 외로울지 십분 짐작하고 이해했다.

하지만 화운룡과 자는 침상에서 어머니와 같이 잘 수는 없는 일이라 그녀를 달래면서 그녀의 방으로 이끌었다.

"어머니 주무실 때까지 제가 같이 있을게요."

화운룡은 묘시(卯時: 새벽 6시경)가 되자 저절로 잠이 깼다.

새벽에 검법 수련을 하는 오랜 습관 때문이다.

문득 그는 자신의 왼쪽 팔이 묵직한 것을 느끼고 고개만 돌려 쳐다보았다.

왼쪽 팔을 옥봉이 베고 곤하게 자고 있었다.

옥봉은 그에게 찰싹 붙어서 가슴에 손을 얹은 채 자는 모습이 편안해 보였다.

그는 잠든 옥봉을 보면서 무슨 일이 있어도 그녀를 끝까지 보호할 것이며 주천곤을 찾고야 말겠다고 결심했다.

화운룡은 운공조식을 해보고 공력이 이 년 회복되어 십 년이 됐다는 사실을 깨달았다.

장하문이 돌아올 때까지는 할 일이 없기 때문에 그는 반 시진 동안 검법 수련을 하고 나서 연공실에서 나왔다.

그가 침실 옆 문 하나 사이에 있는 서재로 들어가니까 옥봉이 향긋한 차를 갖고 들어왔다.

두 사람은 탁자에 마주 앉아 차를 마셨다. 옥봉은 화운룡이 무슨 차와 술을 좋아하는지, 그리고 그의 성격과 일거수일투족에 대해서 모르는 것이 없었다.

"저 때문에 잠자리가 불편하지 않았나요?"

옥봉의 물음에 화운룡은 빙그레 미소 지었다.

"나는 깨어나서야 옥봉이 내 팔을 베고 자는 걸 알았어."

그 정도로 세상모르고 푹 잘 잤다는 얘기다.

옥봉은 부드럽게 미소 지었다.

"무거웠죠?"

화운룡은 빙그레 미소 지었다.

"새털 같았어."

그때 복도로 통하는 문 밖에서 장하문의 목소리가 들렸다.

"주군, 접니다."

화운룡과 옥봉은 동시에 뚝 동작이 멈췄다. 그가 주천곤에 대한 소식을 갖고 왔을 것이기에 그의 목소리를 듣는 순간 긴장감이 확 몰려들었다.

"들어오게."

척!

문이 열리자 화운룡과 옥봉의 시선은 들어서는 장하문의 얼굴에 날아가서 꽂혔다.

그가 어떤 표정을 짓고 있는지를 보고 좋은 소식인지 나쁜 소식인지 알아내려는 것이다.

장하문의 표정은 돌처럼 굳어 있었다. 그는 자신이 갖고 온 소식을 굳이 표정으로 감추려고 하지 않았다.

장하문은 표정으로 내심을 감추는 것은 잘 하지도 못힐뿐더러 그러는 것은 주군을 기만하는 행동이라고 여겼다.

그의 얼굴을 본 화운룡은 착잡한 기분이 됐고 옥봉은 가슴이 철렁 내려앉았다.

장하문은 화운룡과 옥봉 사이에 서서 화운룡을 향해 공손하게 말문을 열었다.

"주군, 드릴 말씀이 있습니다."

옥봉이 있는 곳에서 말하기가 곤란하다는 뜻이다.

화운룡이 쳐다보자 옥봉은 단호한 표정을 지었다.

"말해주세요."

장하문은 가볍게 고개를 숙이고 나서 침중하게 말했다.

"주군, 정현왕 전하께서 이미 돌아가셨다는 정보가 있습니다."

그는 말을 빙빙 에두르지 않고 본론부터 말했지만 두 사람에겐 청천벽력 같은 소식이다.

"아……."

장하문을 바라보고 있던 옥봉의 얼굴이 새하얗게 질리더니 상체가 옆으로 기울어졌다.

"봉애."

화운룡이 급히 일어나 옥봉을 붙잡았다. 그녀는 얼마나 큰 충격을 받았는지 그대로 혼절하고 말았다.

화운룡은 의자에 앉아 작고 여린 옥봉의 축 처진 몸을 자신의 가슴에 편안하게 기대주었다.

"확실한 정보인가?"

"그렇습니다. 태사해문의 구양무기(九陽武起)라는 자가 정현왕 전하의 목을 직접 베었다고 하며 그 광경을 태사해문 고수 수십 명이 목격했다고 합니다."

"음……."

화운룡은 주천곤의 인자한 모습이 떠올라서 심장이 갈가리 찢어지는 듯한 아픔을 느꼈다.

이런 마음의 고통은 예전에 해남비룡문이 멸문당한 사실을 알게 되었을 때 받았던 고통과 똑같았다.

다시 돌아온 이번 생에서는 그저 평범한 삶을 살면서 소박한 행복만을 추구하려고 작정했는데 세상의 일은 그가 원하는 대로 흘러가 주지 않았다.

그래서 그는 한 가지 중요한 사실을 깨닫게 되었다. 인간이 살아 있는 한 고통은 어디에나 존재한다. 어디에서 어떤 모습으로 사는 것이 중요한 게 아니라 살아 있다는 자체 때문에 희로애락이 끊임없이 지속되는 것이다. 희로애락은 인간의 호흡이며 숙명과도 같은 것이다.

"아버님께선 어디에서 어쩌시다가 놈들에게 잡히셨는지 알아냈나?"

화운룡은 주천곤과 같이 있는 호위장령에게 삼도상단과 장강 변의 조주 포구까지 함께 갔다가 그곳에서 따로 배를 타고 태주현이 지척에 있는 구안 포구까지 오라고 일렀었다.

"선녀묘(仙女廟) 근처 관도에서 귀풍채 놈들에게 붙잡혔다고 합니다. 그 과정에 호위장령은 죽었다는 겁니다."

양주 인근에서 태주로 이어지는 길이 세 개 있는데 그중 하나의 중간쯤에 선녀묘라는 마을이 있다.

주천곤과 호위장령이 그 길로 갔다면 태사해문 고수들이 검문을 하던 주루를 훨씬 지나야지만 가능하다.

그런데 어째서 두 사람은 화운룡의 말대로 장강 변 조주 포구까지 가지 않고 중도에 태주현으로 향하는 관도로 접어들었는지 모를 일이다.

"귀풍채라는 말인가?"

"양주현과 태주현 근처의 모든 관도와 산야에는 태사해문과 귀풍채 놈들이 개미 떼처럼 깔렸었다고 합니다."

일전에 화운룡이 옥봉과 함께 유람선을 타고 장강으로 나가려다가 강상에서 귀풍채 녹림무사들 삼십여 명에게 습격을 당했던 적이 있었고, 그것이 태사해문 태주지부의 사주였다는 사실이 나중에 밝혀졌다.

그렇다면 이번에도 태사해문이 귀풍채를 움직여서 주천곤을 수색하도록 만들었다는 뜻이다.

아니, 그런 것은 어쨌든 좋다. 중요한 것은 주천곤이 죽었다는 엄연한 사실이다.

"음……."

화운룡은 주천곤이 죽었다는 사실을 현실로 받아들이기가 어려웠다.

이것은 부정하고 싶은 현실이다. 팔십사 년을 살았던 그로서도 받아들이기 힘든 현실이거늘 옥봉의 충격이야 어느 정도이기에 듣자마자 혼절을 했겠는가.

"아버님은… 시신은 어찌 됐는가?"

장하문은 이런 사실들을 알아내기 위해서 자신이 알고 있는 모든 정보망을 총동원했을 것이다.

"북쪽으로 운구 중이라고 합니다."

북쪽이라면 북경으로 향하고 있다는 얘기고, 최종적으로는 광덕왕에게 도착할 것이다.

"으흐흑……!"

그때 갑자기 침실로 통하는 문 너머에서 세찬 흐느낌 소리
가 흘러나왔다.

화운룡이 옥봉을 안고 급히 달려가서 문을 열자 사유란이
바닥에 주저앉아 엎드려서 온몸을 떨며 흐느껴 울고 있다.

"어머님……."

"으흐흐흑……! 전하께서 돌아가셨다니……. 가련하신 전
하… 어쩌면 좋아……."

얇은 문을 통해서 장하문과 화운룡의 대화를 그녀가 들었
던 것이다.

졸지에 아버지와 남편을 잃은 옥봉과 사유란의 충격과 슬
픔은 말로 설명할 수 없을 정도였다.

두 여자는 거의 하루 종일 울었다. 그 덕분에 화운룡은 그
녀들 곁을 떠날 수가 없었다.

이제 세상천지에 그녀들이 믿고 의지할 사람은 화운룡 한
사람뿐이고 그녀들을 위로해 줄 사람도 화운룡밖에 없다.

그가 유일한 그녀들의 보호자가 되었다.

작고 여린 옥봉은 화운룡과 마주 보고 앉아서 울다가 지치
면 한숨을 쉬고 그러다가 또 울기를 반복했으며, 사유란은 화

운룡 옆에 붙어 앉아서 옥봉처럼 울다가 넋을 잃고 망연자실하기를 반복했다.

화운룡은 두 손으로 옥봉과 사유란의 등을 쓰다듬고 있지만 뭐라고 위로의 말을 찾지 못해서 입을 다물고 있었다.

그러면서 그는 이제 어떻게 해야 하는지 냉철하려고 애쓰면서 방법을 강구했다.

복수를 하는 것도 중요하지만 제일 먼저 할 일은 주천곤의 시신을 되찾는 것이다.

시신이 광덕왕 수중에 들어가도록 방치할 수는 없었다.

주천곤의 영혼을 무사히 저승으로 보내기 위해서라도, 옥봉과 사유란을 위해서라도, 그리고 시신이 광덕왕에게 더럽혀지는 것을 방지하기 위해서라도 반드시 되찾아야만 한다.

그나마 한 가지 다행스러운 일은 화운룡이 주천곤의 일에 연관되었다는 사실을 태사해문이 모른다는 사실이었다.

"봉애."

화운룡은 옥봉의 머리를 쓰다듬었다.

옥봉이 해쓱한 얼굴에 눈물이 마르지 않은 눈으로 고개를 들고 그를 바라보았다.

"아버님을 찾아와야겠어."

그 말에 옥봉은 정신이 번쩍 들었다.

살아계신 아버지가 무엇보다도 중요하지만 지금 같은 상황에서는 시신이 원수의 손에 들어가는 것을 어떻게 해서든지 막아야만 한다.

옥봉은 간절한 표정을 지었다.

"꼭 아버지를 모셔오세요."

"그럴게."

옥봉은 사유란을 살피고 나서 처연하게 말했다.

"어머니는 잠드셨어요."

사유란은 잠든 것이 아니라 울다가 탈진한 것이다.

화운룡은 사유란을 안아서 침상에 눕히고 이불을 덮어주고는 문으로 걸어가고 옥봉이 뒤따랐다.

"어머님 잘 보살펴 드려."

"네."

옥봉은 누구보다 충격과 슬픔이 클 텐데도 애써 미소를 지으며 대답했다.

*　　　　*　　　　*

화운룡은 장하문과 마주 앉았다.

"아버님을 모셔와야겠다."

"준비하겠습니다."

화운룡의 말에 일체 토를 달지 않는다는 것이 장하문의 장점 중에 하나였다.

북경으로 가고 있는 주천곤의 시신 운구에는 태사해문과 동창고수들이 득실거릴 것이다.

이것으로 광덕왕이 태사해문을 움직여 주천곤을 잡아서 죽이도록 명령한 것이 분명해졌다.

예로부터 무림은 관(官), 더구나 황궁하고는 서로 불가침하고 일체 관여하지 않는 것이 불문율인데 광덕왕과 태사해문은 금기를 어겼다.

화운룡의 짐작이지만 어쩌면 광덕왕은 진작부터 무림에 깊숙이 관여하고 있을지도 모른다.

즉, 그의 주변에 무림의 쟁쟁한 고수들을 끌어들여 부리고 있다는 얘기였다.

어쨌든 지금은 때가 아니지만 언젠가 기필코 태사해문을 응징하고 광덕왕에게 죄를 묻겠다고 화운룡은 내심 결심했다.

"말씀드릴 일이 있습니다."

조심스럽게 입을 연 장하문은 화운룡이 고개를 끄떡이자 말을 이었다.

"본 문에 만공상판이 와 있습니다."

"그래?"

화운룡은 별로 놀라지 않았다. 그 정도로 놀랄 그가 아닌 데다 만공상판이 언젠가는 해남비룡문에 제 발로 찾아올 것이라고 예상하고 있었기 때문이다.

만공상판이 찾아오지 않아도 그만이다. 제남 은한천궁에서 궁주인 백청명을 상대로 사기를 치고 있던 그를 보기 좋게 떼어냈으면 그로써 그만이다.

화운룡은 이번 생에 조용히 살기를 원했기 때문에 만공상판이든 누구든 주렁주렁 엮이는 것을 원하지 않았다.

"주군께서 정현왕 전하를 구하러 양주로 떠나신 날 밤에 만공상판이 본 문에 찾아왔었습니다. 주군을 만나뵙겠다면서 객청에서 묵고 있습니다."

"그자는 더 일찍 태주에 왔겠지?"

"그렇습니다. 알아본 바에 의하면 만공상판은 하루 전에 태주에 도착하여 주군에 대해서 이것저것 탐문하고 다녔다는 것입니다."

그럴 줄 알았다. 만공상판이라면 충분히 그럴 것이다. 그래 봐야 부처님 손바닥 위의 손오공 신세다.

화운룡은 만공상판 정도의 교활한 인물은 세 치 혀로 능히 요리할 자신이 있었다.

장하문은 두 손을 앞에 모았다.

"그자를 만나보시겠습니까?"

현재 화운룡이 주천곤을 구하러 가는 것은 무모하기 짝이 없는 일이었다.

이런 시기에 만공상판이 화운룡을 찾아온 것이나 주천곤을 구하러 가려는 이 마당에 장하문이 지금 이 얘기를 꺼낸 것은 결코 우연이 아닐 것이다.

이 일에 만공상판을 끌어들인다면 큰 도움이 될 터이다.

*　　　　*　　　　*

우두두둑!

수십 필의 인마가 뽀얀 황진을 일으키면서 곧게 뻗은 관도를 질주하고 있었다.

어스름 땅거미가 내려앉고 있는 초여름의 신시(申時: 저녁 7시경) 무렵이다.

장하문이 나란히 달리고 있는 화운룡에게 말했다.

"주군, 관호(官湖)는 아직 이십 리쯤 남았습니다. 아무래도 노숙해야겠습니다."

오늘로서 해남비룡문을 출발한 지 사흘째, 화운룡 일행은 강소성 북부 산동성과의 접경 지역인 관호를 이십여 리 남겨 둔 곳에 이르렀다.

화운룡이 고개를 끄떡이자 장하문은 감형언에게 노숙할 것이라고 알려주었다.

해남비룡문 총전주인 감형언은 무사 세 명에게 적당한 노숙지를 찾으라고 대열보다 앞서 보냈다.

관도에서 백여 장쯤 떨어진 숲속의 공터에 화운룡 일행이 모여서 저녁 식사 대신 간단한 요기를 하고 있으며, 주위에는 몇 개의 모닥불이 타오르고 있었다.

초여름이지만 찻물을 끓이고 물을 데우기 위해서 모닥불을 피웠다.

나닥탁······.

이미 어둠이 내려앉은 모닥불 주위에 화운룡을 비롯한 몇 사람이 모여 앉아 있었다.

모두들 얼굴이 굳었으며 더러는 낮은 목소리로 수군거리면서 이마를 맞대고 있었다.

화운룡 좌우에는 장하문과 전중이 앉아 있고, 전중 옆에 만공상판이, 장하문 옆에 백진정과 벽상이 앉았다.

그리고 맞은편에 감형언과 벽상의 아버지인 벽현립이 앉아서 묵묵히 식사를 하고 있었다.

그 옆 두 개의 모닥불에는 해남비룡문에서 선발된 삼십여 명의 무사가 둘러앉아 있었다.

화운룡은 이들에게 자신들이 어디로 무엇을 하러 가는지 아직 말해주지 않았다.

해남비룡문에 소속된 사람들이라고 해서 다 믿고 말할 수 있는 게 아니었다.

화운룡이 해남비룡문에서 무사들에게 무슨 일 때문에 어디로 가는지 임무를 설명하고 나서 지원자를 선발했다면, 이들이 태주현을 출발하여 십 리도 가기 전에 그 사실이 외부에 죄다 알려졌을 것이다.

화운룡은 단지 사람들에게 이 말만 했었다.

"살아서 돌아오지 못할 수도 있소. 그래도 나와 함께 갈 사람은 나서시오."

그리고 지금 이 사람들이 그를 따라나섰다.

이제 화운룡은 이번 임무에 대해서 설명하려고 한다.

장하문이 모두를 불렀다.

"모두 모여라."

무리를 이끌 때는 강단이 있어야 하고 하대는 기본이다.

화운룡은 자신을 제외한 삼십이 명을 한 차례 둘러보고 나서 말문을 열었다.

"이번 임무에 대해서 말하겠다."

화운룡이 팔십사 년을 살았다고 해도 이처럼 황가와 연관된 일은 처음이라서 모두의 반응이 어떨지 알 수가 없다.

다만 설명이 끝나고 나면 다들 자신을 따라줄 것이라고 경험에 비추어 짐작하는 정도다.

화운룡은 할 말을 머릿속에서 잠시 정리하고 난 다음 가라앉은 목소리로 말문을 열었다.

"당금 황제에게는 세 명의 아우가 있다."

그의 뜬금없는 말에 장하문과 벽상을 제외한 모두가 어리둥절한 표정을 지었다.

화운룡이 이번 임무에 대해서 말하겠다고 했을 때 중요한 내용일 것이라고 예상했었는데 난데없이 황세의 형세들 얘기를 하는 것이다.

화운룡의 말이 이어졌다.

"세 명의 아우는 이왕야 광덕왕과 삼왕야 정현왕, 그리고 사왕야 문청왕이다."

장하문 옆에 앉은 만공상판은 상체를 약간 앞으로 빼고 화운룡을 쳐다보았다.

두뇌가 비상하며 천하무림의 정보에 대해서 거의 모르는 것이 없을 정도인 만공상판은 이제부터 화운룡이 매우 중요한 얘기를 할 것이라고 직감했다.

"나흘 전에 광덕왕이 태주 근처 선녀묘 관도상에서 정현왕을 죽였다."

"아……."

"저런……."

좌중에서 놀라는 소리가 흘러나왔다. 임무가 무엇인지를 떠나서 광덕왕이 정현왕을 죽였다는 사실은 충분히 놀라고도 남을 일이다.

화운룡은 굳은 표정으로 무겁게 말을 이었다.

"광덕왕의 사주를 받은 태사해문이 정현왕의 목을 잘랐으며 현재 그분의 시신을 북경으로 운구하고 있는 중이다. 나는 정현왕 전하의 시신을 되찾으려고 한다."

모두의 얼굴에 놀라움과 충격, 그리고 마지막으로 의아함이 떠올랐다.

광덕왕이 태사해문에게 사주를 하여 정현왕을 태주 근교에서 죽인 일은 놀라운 일이기는 하지만 어째서 화운룡이 정현왕의 시신을 찾으러 가는 것인지 모를 일이다.

모두들 매우 궁금하고 만공상판 역시 그랬다. 하지만 만공상판은 화운룡이 왜 그래야 하는지 물어볼 입장이 아니었다.

만공상판은 제남 은한천궁에서 궁주 백청명을 상대로 사기를 치다가 화운룡에 의해서 실패했으며, 그로 인해서 그의 종이 될 운명에 처했었다.

그 당시에 만공상판은 자신이 벌여놓은 몇 가지 일을 처리하고 나서 해남비룡문으로 화운룡을 찾아가 종이 될 테니까 시간을 달라고 하여 허락을 받고 떠났다.

사실 그는 내기에서 졌다고 해서 순순이 화운룡의 종이 될 생각은 추호도 없었다.

대저 만공상판이 어떤 위인인데 한낱 촌구석 삼류문파 소문주인 화운룡의 종이 되려고 하겠는가.

하지만 만공상판이 화운룡과의 내기에서 진 이유는 무림 최강의 살수 조직인 혈영단 단주 때문이었다.

그리고 만공상판은 화운룡과 혈영단주가 보통 사이가 아니라는 사실을 간파했기 때문에 그와의 약속을 일방적으로 파기하거나 노망칠 엄두를 내지 못했다.

제아무리 만공상판이라고 해도 혈영단의 손에서 벗어날 수는 없으며, 도망친다면 그들에게 걸리는 날이 그의 목숨이 끊어지는 날이 될 것이다.

그렇기 때문에 그는 제 발로 화운룡을 찾아올 수밖에 없었으며, 그를 만나서 종이 되는 문제를 다시 한번 진지하게 대화로 나눠볼 생각이었다.

화운룡이 돈을 원한다면 자신의 목숨을 돈으로 살 것이고, 그가 무엇을 원하든지 다 들어주는 것으로 종이 되는 약속을 파기하려는 심산이었다.

그런데 만공상판이 해남비룡문을 찾아가서 이틀 동안 기다렸다가 만난 화운룡이 무조건 따라오라고 하는 바람에 이 길을 나섰던 것이다.

물론 그는 태주현에 도착하자마자 해남비룡문에 찾아갔던 것이 아니었다.

그가 제일 먼저 한 일은 태주현 내를 이곳저곳 들쑤시면서 화운룡에 대해 알아보는 것이었다.

하시만 하루 종일 화운룡에 내한 많은 소문을 알아내고 정리했으나 도대체 화운룡이 어떤 인물인지 끝내 결론을 내리지 못했다.

반년도 안 되는 다섯 달 전까지만 해도 태주현 최악의 개망나니에 사고뭉치, 잡룡이라는 형편없는 별명으로 불렸던 화운룡이 어느 날 갑자기 새사람이 되어 해남비룡문을 보란 듯이 번듯하게 이끌고 있다는 것이다.

태주현 사람 어느 누굴 붙잡고 물어봐도 현재의 화운룡은 어디 한 군데 나무랄 데 없는 최고의 인재이며 영웅이라고 입에서 침을 튀기며 칭찬을 했다.

그래서 만공상판은 화운룡의 인물평에 대해서 결론을 내리는 것을 잠시 보류했다. 이제부터 한동안 그를 따르면서 직접 지켜보겠다는 의도였다.

한 가지 분명한 것은 만공상판의 심중에 화운룡의 종이 되겠다는 생각은 터럭만큼도 없다는 사실이었다.

정면에 앉은 감형언이 진중한 표정으로 물었다.

"소문주께서 왜 정현왕 전하의 시신을 찾는 것인지 이유를 물어봐도 되겠습니까?"

만공상판은 구태여 자신이 의문점을 묻지 않아도 대신 물어보는 사람이 있을 것이라고 생각했다.

석 달 전까지만 해도 해남비룡문하고는 비교 자체가 되지 않았던 규모와 명성을 지닌 진검문 문주였던 감형언은 이제는 현실을 인정하고 진심에서 우러나와 화운룡을 상전으로 받들고 있다.

그러기까지는 많은 일이 있었다.

그것늘 중에서 가장 큰 것이 감형언을 비롯한 가족과 옛 진검문 사람들의 생활이 예전하고는 비교할 수도 없을 정도로 풍족해졌으며 이제는 아무런 근심 걱정 없이 모두 진심으로 행복을 만끽하고 있다는 사실이었다.

그리고 또 하나, 화운룡이 감형언의 하나뿐인 아들 감중기를 찾아가서 혼수상태에 빠져 있는 그를 직접 치료하여 살렸다는 것이다.

그런 일들은 감형언을 충분히 감동시키고도 남음이 있었다.

그래서 그는 진검문을 부흥하겠다는 결심을 버렸다. 그의 일련의 그런 깨달음은 작은 해탈이라고도 할 수 있었다.

누군가는 이렇게 물을 것임을 짐작했던 화운룡은 말을 에두르지 않고 솔직하게 말했다.

"내가 정현왕의 사위이기 때문이다."

화운룡과 장하문을 제외한 모두들 아연실색 소스라치게 놀라는 표정을 지었다.

만공상판마저도 '어? 이거 봐라?' 하는 표정으로 눈도 깜빡이지 않고 화운룡을 쳐나보았다.

화운룡은 질문을 한 감형언을 응시하며 말했다.

"지난번 여행에서 돌아왔을 때 나하고 같이 온 소녀를 알고 있나?"

"보았습니다."

화운룡이 사사로이 감형언과 대화를 한다면 존장으로서 대우를 하겠지만, 지금은 수하들을 상대하고 있기에 감형언을 수하로서 하대하는 것이고, 그렇게 알고 있는 감형언으로서도 전혀 불만이 없었다.

"그녀가 바로 정현왕 전하의 따님이신 봉화공주 주옥봉이고 장차 나의 아내가 될 사람이다."

감형언은 크게 놀랐다.

"아! 황실 사상 최고의 재녀라는 황천공주가 그분이셨다는 말씀입니까?"

그 소문은 너무 유명해서 웬만한 사람들은 다 알고 있다.

"그렇다."

"아아……."

"나는 장인어른의 시신을 모시러 가는 것이다."

중인들은 크게 공감하여 고개를 끄떡였다.

화운룡은 조용하게 말했다.

"아무것도 미리 약속하지 않겠다. 나를 따를 사람은 여기에 남고 아닌 사람은 즉시 떠나라. 떠나는 사람에겐 충분한 여비를 나누어주겠다."

화운룡이 아무것도 미리 약속하지 않겠다고 말했지만, 중인은 만약 이 일이 성공하면 자신들이 화운룡과 생사고락을 함께한 진정한 동지이며 측근이 될 것이라고 믿었다.

때로 사나이들을 결속시키는 의미는 그것으로 충분했다.

감형언은 천천히 중인을 둘러보았다.

감형언 자신은 절대로 떠나지 않을 것이라는 의지가 그의 표정에 가득 떠올라 있었다.

이곳에 따라온 무사들 중에 이십 명 이상이 예전 감형언의 수하들이다.

그들은 결연한 표정으로 고개를 크게 끄떡이며 그 자리에서 꼼짝도 하지 않았다.

이윽고 감형언은 화운룡을 보면서 조용히, 그러나 단호하게 의사를 밝혔다.

"우린 소문주를 끝까지 따를 것입니다."

화운룡은 천천히 고개를 끄떡였다.

"고맙다."

모두 모닥불 주위에서 잠든 후에 만공상판이 화운룡에게 다가와 속삭였다.

"긴히 할 말이 있소."

화운룡은 그가 무슨 말을 할 것이라고 짐작했으므로 길게 생각할 것 없이 일어나며 고개를 끄떡이자 근처에 있던 장하문이 그를 따랐다.

무리에서 삼십여 장 이상 떨어진 곳에서 만공상판은 마주 선 화운룡을 보며 은근한 목소리로 말했다.

"이 정보는 매우 중요한 것인데 이 얘기를 해주면 나를 면천(免賤: 종에서 풀어주는 것)해 주겠소?"

화운룡은 만공상판이 이렇게 나올 것이라고 예상했다.

"나더러 물건을 보지도 않고 사라는 건가?"

만공상판은 자욱한 미소를 지었다.

"맛만 보여주겠소."

마주 선 화운룡과 장하문은 그가 무슨 수작을 하려는 것인지 담담하게 지켜보았다.

만공상판은 회심의 미소를 지었다.

"광덕왕이 왜 정현왕을 죽였는지 아시오?"

만공상판이 그걸 알고 있다면 그의 명성처럼 천하의 정보에 정통한 것이지만, 그저 떠보려는 것일 수도 있다.

"왜 죽였느냐?"

만공상판의 미소가 짙어졌다.

"광덕왕이 모종의 음모를 꾸미고 있기 때문이오."

"황제가 되려는 음모 말이냐?"

"어… 그거……"

화운룡이 제대로 짚자 만공상판은 일시에 할 말을 잃은 듯 눈동자가 어둠 속을 부유했다.

만공상판은 과연 대단한 정보 수집가가 분명했다.

화운룡은 그가 어디까지 아는지 보려고 한 걸음 더 나갔다.

"머지않아서 광덕왕이 황제를 시해하고 스스로 황위에 오른다는 것을 말하고 싶은 것이냐?"

만공상판은 적잖이 놀라는 표정을 감추려고 들지 않았다.

"그… 걸 어떻게 아는 것이오?"

화운룡은 고개를 저었다.

"말하려는 정보가 그거라면 관심 없다."

만공상판은 다급하게 손을 저었다.

"그게 아니오. 내가 말했잖소. 그건 맛보기라고 말이오."

그는 절대로 말하려고 하지 않았던 내용까지 꺼내 들어야만 했다. 설마 화운룡이 광덕왕의 황위 찬탈 음모를 예견하고 있을 줄은 몰랐던 것이다.

팔십사 년을 살아본 화운룡은 미래를 알고 있었다. 그것에 의하면 광덕왕이 황제를 독살하고 스스로 황위에 오른 후 두 명의 아우인 정현왕과 문청왕을 죽인다는 사실이다.

그것 외에 더 있을 게 없다.

"말해봐라."

만공상판은 주위에 아무도 없는데도 경계하듯 주위를 한 차례 둘러보고 나서 화운룡에게 바싹 다가서며 목소리를 한 층 낮추었다.

"혹시 천마혈계(天魔血界)라고 들어봤소?"

순간 화운룡과 장하문의 얼굴에 놀라움이 떠올랐다.

『와룡봉추』 4권에 계속…